내 밥상 위의
자산어보

내 밥상 위의
자산어보

한창훈 지음

문학동네

■ **일러두기**

이 책은 『인생이 허기질 때 바다로 가라—내 밥상 위의 자산어보』(2010)의 개정판입니다.

개정판 서문

『내 밥상 위의 자산어보』를 내고 4년이 흘렀습니다. 그동안 많은 분들이 이 책에 대해 이야기했는데 (친구에게 선물하기 위해 서점으로 갈 거라는 제 바람과는 달리) 대부분 읽다 말고 횟집으로 달려갔다고들 합니다. 영세한 동네 횟집과 수산물시장 영업에 약간의 도움은 되었다면 제 나름의 보람이겠습니다만, 무엇보다도 '그저 회나 사먹고 돌아가곤 했던' 바다와 가까워지고 깊이 이해하게 되었다는 말 들었을 때가 가장 즐거웠습니다.

이 책의 2부 격인 『내 술상 위의 자산어보』 발간에 맞춰 개정판을 내겠다는 편집부의 전화를 받고 나서 지난 4년을 떠올려봤습니다. 그동안 천 번 정도 더 바닷가를 거닐고 또 삼백 번 정도 배를 타고 바다로 나갔더군요. 그러니까 달라진 게 없는 거죠. 저는 이곳에서 그대로 살면서 『내 밥상 위의 자산어보』 물고기들을 계속 만나고 있으며 사람들의 사연 또한 고스란히 간직하고 있습니다. 지금도 이곳은 파도가 치고 바람 불고 동백과 나리꽃이 피었다가 툭툭 떨어집니다.

친근함에는 한계점이 없습니다. 바다와 사람들이 더 친해지면 좋겠습니다.

2014년 여름
거문도에서 한창훈

바다를 좋아하는 당신에게

저는 당신이 바다를 좋아한다는 것을 알고 있습니다. 늘 바다를 동경하고 있다는 것도 알고 있습니다. 하지만, 어쩌다 찾아가더라도 회 사먹고 바닷가 조금 걷다가 돌아오고 말지 않나요? 그렇다면 당신에게 바다란 늘 그곳에 있는, 파랗고 거대한 덩어리일 뿐입니다.

좋아하는 것과 잘 아는 것은 다릅니다. 제가 이 책을 쓴 이유이죠. 깊숙이 친해지게 되는 것, 어린아이처럼 깔깔대게 하는 것, 이윽고 뒤엉킨 매듭을 하나하나 매만지게 되는 것, 머물다보면 스스로 그러하게 되는 것 말입니다. 산은 풀어진 것을 맺게 하지만 바다는 맺힌 것을 풀어내게 하거든요.

이 책에는 30종의 해산물(한 종은 예외입니다만)이 등장합니다. 낚시와 채취, 요리법, 그리고 그것을 둘러싼 사람살이가 나오죠. 섬사람 생활이 그렇듯이, 소박하면서 구체적이고 보편적이면서도 각자 뚜렷한 것들입니다.

낚시꾼이 대어를 들고 있는 사진을 보고 있자면 커다란 코끼리를 발로 밟고 있던 백인 사냥꾼이 떠오릅니다. 그는 자기보다 수백 배 큰 짐승을 죽였다는 것은 기억하겠지만, 아프리카의 불타는 노을과 나뭇짐 이고 총총 걸어가는 줄루족 여인의 뒷모습과 강을 건너는 누우떼와 소나기 뒤에 돋아나는 여린 꽃잎은 기억하지 못할 것입니다.

큰 물고기를 낚았다, 또는 놓치고 말았거나 입질도 못 받았다, 만 기억

한다면 우리 마음속의 바다는 인공낚시터 물칸처럼 초라해지고 맙니다. 우리가 아주 기가 막힌 하루를 위해 인생을 사는 것은 아니잖습니까.

『자산어보』는 1814년 손암 정약전 선생이 쓰신 어류학서입니다. 흑산도 바다 동식물에 대한 사전 같은 것이죠. 가치가 매우 높은 책이지만 사람들이 재미없어합니다. 그래서 저는 200년 전 흑산도 바다와 지금의 바다를 연결해보았습니다(매 편 도입부는 『자산어보』에서 부분 인용한 것입니다). 그러자 그 긴 시간이 무화되면서 귀양살이의 고독을 탐구와 기록으로 바꾸었던 선생의 실천과 바다를 배경으로 한 사람들의 사연 사연이 함께 뒤엉키며 휘돌았습니다. 그것을 책으로 엮어놓으니, 바다에서 실컷 뛰놀고 난 기분입니다.

많은 도움을 주셨던 한국해양연구원의 명정구 박사님과 기억 속에서 화려하게 부활한 사람들께 감사드립니다. 그리고 저 때문에 죽어간 해양생물들, 미안합니다. 하필 저는 먹어야 하는 입을 가지고 태어났지 뭡니까.

잠깐 창밖을 내다보니 바다는 지금도 저렇게 출렁이고 있습니다. 당신에게 저 깊고 푸른 바다를 보냅니다.

2010년 8월
거문도에서 한창훈

차례

 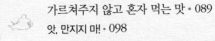

군대어 裙帶魚

갈치

내가 왜 육지로 시집왔을까
탄식하는 맛

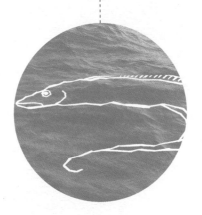

모양은 긴 칼과 같고 큰 놈은 8~9자이다.
이빨은 단단하고 빽빽하다.
맛이 달고 물리면 독이 있다.
이른바 꽁치 종류이나 몸은 약간 납작하다.

이곳 출신으로 경기도 어름에 살고 있는 여인이 있다. 고만고만한 아파트에서 고만고만한 남편과 아이들, 고만고만한 자가용을 굴리며 산다. 고만고만한 취미생활도 한다. 특이할 게 없는 만큼 큰 문제 없이 살고 있다. 하지만 이 여인네, 여름만 되면 신경이 날카로워진다. 부부싸움을 하고 나면 한탄도 깊어진다.

"저것을 서방이라고 믿고 사는 내가 미친년이지."

병이 도졌군, 남편은 생각한다.

"뭐에 씌어서 저 웬수한테 시집을 왔을까. 그때 그냥 갈치배 선장한테 갈걸."

"또 그 소리."

"아이구, 속도 타는데 항각구 국이나 한 그릇 시원하게 먹었으면 좋겠네."

"아, 갈치 사주면 되잖아."

"시장 갈치가 그 맛이 나?"

여름은 갈치 시즌이다. 밤마다 갈치배 집어등 불빛이 수평선에 환하다. 바다 한가운데 도시가 하나 들어선 것 같다. 아침마다 어판장이 북새통이고 커피 배달하는 다방 아가씨도 바쁘다. 섬의 활기는 겨울에는 삼치, 여름에는 갈치에게서 온다. 하지만 두 가지를 비교하면 여름 갈치철이 훨씬 볼만하다. 상어, 장어, 가오리, 복어, 한치, 요즘 들어서는 참치도 같이 낚아오기 때문이다.

서유구의 『난호어목지蘭湖漁牧志』에는 "갈치를 염건하여 서울로 보내는데 맛이 좋고 값이 싸다"고 나와 있다. 값이 쌌단다. 지금도? 택도 없는 소리. 갈치는 비싸다. 손으로 낚아오는 것이라서 그렇다. 2천 와트짜리 집어등 수십 개 켜놓고 한밤중에 잡는다. 여름부터 겨울까지.

내가 사는 거문도에서는 주로 백도 근방에서 어장이 형성된다. 오후 4시에서 5시 정도에 출발해서 어장까지 한두 시간 정도 걸린다. 낙하산처럼 생긴 물닻을 놓고 밤새 낚는다. 한 배에 보통 다섯 명 정도 승선. 아침에 돌아와 수협 공판을 하는데 10킬로그램 기준으로 중간치가 평균 10여만 원 한다. 값이 그때그때 차이가 나기 때문.

어장이 나면 여러 곳 배들이 모인다. 제주 배가 낚으면 제주 갈

┃ 갓 잡아올린 갈치는 은색 광택이 이렇게 눈부시다.
이 정도 되어야 회로 먹을 수 있다.

| 밤새 잡아온 갈치를 어판장에 부리고 있다. 섬이 가장 활기를 띠는 순간이다.

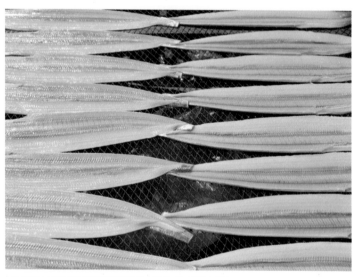

| 잔 갈치는 이렇게 포로 말려 밑반찬으로 해먹는다. 팔기도 한다.

치, 거문도 배가 낚으면 거문도 갈치가 된다. 이곳 수협 값이 좋으면 제주 배도 이곳으로, 제주 단가가 높으면 거문도 배도 제주로 간다. 그러니 제주 갈치, 거문도 갈치, 구분하는 것 아무 소용 없다.

주문을 하면 얼음포장된 무지갯빛 갈치를 받아볼 수 있다. 거의 청동색이다. 비린내도 전혀 없다. 비린내는 비늘이 산소를 만나 생기는 산화작용, 즉 산패 때문에 생긴다. 중국산이나 트롤선이 그물로 잡아 냉동해온 것이 그렇다.

갈치를 공짜로 먹는 방법이 있기는 하다. 갈치 잘 나는 곳에 아는 사람이 있다면 수시로 전화를 해본다.

"텔레비전 보니까 은갈치가 많이 나더구만. 거 맛있겠데."

나에게 하라는 소리 절대 아니다. 한 상자 보내고 나면 등골이 허전하다. 나에게도 방법이 있기는 하다. "자네 당숙 앞에서 자꾸 왔다갔다해봐." 이 말은 갈치를 공짜로 얻어먹어보라며 마을 어른이 해준 조언이다. 당숙은 어판장에서 갈치 중매인을 하고 있다.

또하나의 방법이 있다. 낚아 먹으면 된다.

하지만 이거, 쉽지 않다. 목포 인근에는 갯바위나 좌대에서 하는 낚시가 있다. 보통 잔 놈이 문다. 큰 놈을 잡으려면 집어등 장치가 되어 있는 낚싯배를 타야 한다. 인터넷 치면 나온다. 이곳에서도 날마다 출어를 한다. 채비도 만들어진 것을 판다. 물론 출어료가 만만찮다. 밤새 파도에 시달리는 것도 쉽지 않다. 허나, 그 배를 타는

｜ 갈치가 많이 나면 일반 어선도 갑판등을 켜고 낚는다.
　나도 갔었는데 초승달과 배가 서로 닮아 있어 갈치 낚다 말고 사진을 찍었다.

| 아주 싱싱한 갈치만이 회가 된다.

꾼들은 모두 이 말을 한다.

"많이 낚으면 남는 장사다."

낚을 때 이빨 조심은 필수. 여차하면 살을 벤다. 낚고 나면 미끼를 토해내게 해야 한다. 아니, 이런 것은 현장에서 다 설명해줄 것이다.

이 녀석은 좀 독특하게 이동한다. 서서 헤엄을 친다. 꼬리지느러미가 없는 탓에 등지느러미로 움직이기 때문. 섬에서는 늦가을 갈치를 쳐준다. 뭐든 살아 있는 것은 월동 전에 살이 오르는 법 아닌가.

손암 선생은 갈치를 무린어無鱗魚, 즉 비늘 없는 생선 종류에 포함시켰는데 피부의 은색 가루가 비늘이다. 구아닌이라는, 색소의 일종으로 회로 먹을 때는 칼로 긁어내야 한다. 호박잎으로 긁기도 한다. 소화가 안 되기 때문. 힘줄도 걷어내야 한다. 익힐 때는 상관없다. 지혈작용도 하는 구아닌은 모조진주나 매니큐어, 립스틱에 쓰인다. 키스는 갈치 비늘을 주고받는 행위의 또다른 이름이다.

갈치는 회, 구이, 찜으로 먹는다. 또하나, 국이 있다.

제주도에서는 호박을 넣어 끓인다. 거문도에는 여인네가 말했던 항각구 국이라는 게 있다. 이게 갈칫국이다. 항각구는 엉겅퀴의 이곳 말이다. 국화과의 여러해살이풀. 들에 핀 엉겅퀴를 팍팍 삶아 쓴맛을 우려낸 다음 된장에 버무리고 갈치 넣고 젓국으로 간 맞춘 게 항각구 국이다. 단맛의 갈치와 쌉싸래한 엉겅퀴가 잘 어울린다.

| 거문도에서 항각구라 부르는 엉겅퀴

| 항각구 국. 쌉싸래하면서도 고소한 맛이 일품이다.

"국이 좋으니까 밥 한 그릇 먹어봐."

하면, 이 국이 있다는 소리이다. 섬사람들이 잔병치레 안 하는 이유가 갈치와 엉겅퀴를 자주 먹어서 그렇다고들 한다. 육지로 이사 간 이들이 소중을 가장 자주 느끼는 게 또 이 국이다. 이곳에는 "갈치 뱃진데기(뱃살과 내장) 못 잊어서 육지로 시집 못 가겠네"라는 말이 내려온다.

그렇게 큰 녀석들은
누가 다 먹었을까?

딱 한 명을 제외하고는 갈치 싫어하는 사람은 없다. 딱 한 명이 바로 나였다.

　내 어렸을 때는 갈치가 흔했다. 어장도 가까운 곳에서 만들어져 밤이면 불 밝힌 배가 손에 잡힐 듯했다. 갈치 굵기를 이르는 말로 삼지, 사지, 오지라는 게 있다. 손가락 지指를 쓴다. 그러니까 손가락 몇 개 포개놓은 크기(몸통 높이)라는 것이다.

　어렸을 때 잉걸불에 갈치를 구우면 기본이 오지였다. 소금 뿌린 살이 두툼한 덩어리로 뚝뚝 떨어졌다. 살덩어리가 너무 커서 나는 싫었다. 그때 이미 생선뼈 사이에 달라붙어 있는 작은 살점 발라먹는 것에 맛을 들여버렸던 것이다. 지금은 굵은 게 참으로 드물다. 누가 다 먹었을까.

　갈치는 간에 특효하다고 정평이 나 있다. 이곳에 자주 오는 육지 사람 중에 평생 만성간염으로 고생하다 오로지 갈치만으로 완쾌한 이도 있다.

망어 鰆魚

삼치

아홉 가지 중에
가장 먼저 손 가는 맛

큰 놈은 8~9자. 몸은 둥글고 둘레는 3~4뼘 정도이다.
머리와 눈이 작다. 비늘도 아주 잘고 등은 검다.
매우 용감하여 수십 자를 뛴다.
맛은 신맛이 짙고 텁텁하여 좋지 않다.
『역어유해譯語類解』에서
발어拔魚 또는 망어芒魚라고 부르는 물고기가 이 망어鱵魚이다.

여러 해 전 외삼촌과 함께 삼치 낚으러 다닐 때였다. 삼치는 보통 수심 20~70미터 사이에서 낚아올린다. 배를 몰면서 낚싯바늘을(은박지로 만든 가짜 미끼를 단다. 일종의 루어다) 그 깊이까지 가라앉히려면 무거운 납을 잔뜩 매달아야 한다. 그 무거운 것을 손에 쥐고 종일 바다를 싸돌아다니며 하는 일이라 경비도 적잖이 들고 고생도 심했다. 추석이 다가올 무렵이었는데 우리 둘은 며칠째 똥깡구(한 마리도 못 잡는 것을 이르는 섬의 말) 상태였다.

　그러던 어느 날 새벽. 오늘도 공칠 것 같으니 차라리 나가지 말까, 우리는 잔뜩 의기소침해 있었다. 풀죽은 아들과 손자를 바라보던 할머니는 갑자기 마당으로 걸어나가 깜깜한 밤하늘을 올려다보며 이렇게 일갈을 내질렀다.

"귀신은 읎다."

이건 또 무슨 소린가.

"아들하구 손자하구 자기 제사 지낼라고 쎄빠지게 고생을 하는
디, 귀신이 있다면 이럴 수는 읎다. 귀신이 읎는 것이 분명하니께
올해부터는 제사 안 지낼란다. 인자 제사 지내지 말자."

할아버지는 태평양전쟁 때 사이판 바다에서 미군 폭격기에 돌아
가셨다. 추석 전전날이 제사였다. 그러니까 아들과 손자 어장을 도
와주지 않는 남편에게 하는 경고요 협박이었던 것이다.

삼촌은 그러고 있는 자신의 어머니를 바라보다가 기가 차다는 듯
허허, 웃었다. 아무래도 노망이 제대로 나버리고 만 것 같다고 살짝
귓속말도 했다. 할머니는 언제 그랬느냐는 듯이 부엌일을 시작했고
우리는 고개를 저으며 바다로 나갔다.

채비 넣자마자 4킬로그램 넘는 삼치가 연달아 물어댔다. 방어도
쉬지 않고 물었다. 그런데 삼치 어장 나간 열댓 척 배 가운데 우리
만 낚았다. 다른 배는 고시 한 마리 구경도 못했다. 고시는 어린 삼
치를 이르는 말이다. 낌새를 챈 배들이 우리 뒤를 졸졸 따라다녔으
나 그들은 결국 빈손으로 돌아가야 했다. 그날 수협 어판장에 간
배는 우리가 유일했다.

우연일까? 깜짝 놀란 할아버지가 부리나케 삼치떼를 몰아주었을

| 깊은 바다에서 올라오는 삼치. 배에서 잡아올리기 직전의 모습이다.

까? 다음날도 마을 배들이 우리만 따라다녀 난감했지만 덕분에 제사는 해마다 계속되고 있는 중이다. 제사 때만 되면 마누라한테 한 소리 들은 할아버지가 바닷속에서 낑낑대며 삼치 몰아주는 장면이 떠올라 나는 죄송하면서도 웃음이 나왔다.

그런데 문제가 하나 있다.

손암 선생께선 맛이 텁텁하고 좋지 않다고 하신 것이다. 웬걸. 독보적인 맛을 지닌 게 삼치이다. 예전 어떤 회갑 잔칫상에 좋다는 회가 여러 가지 올라왔다. 도미, 농어, 돌광어…… 무엇부터 먹나보니 모두 삼치회에 먼저 손을 뻗었다.

삼치도 회로 먹는다. 아니, 회부터 먹는다. 기름지고 부드러워 치아 없는 노인들에게도 좋다. 씹을 것도 없이 녹는데 고소하기 그지없다. 비린 것을 싫어하는 이들도 이것만큼은 맛있어한다. '쇠고기보다 삼치 맛'이라는 말이 그냥 생긴 게 아니다. 뱃살이 가장 맛있고 그다음이 꼬리 쪽이다.

근데 맛이 없다고? 왜 그러셨을까. 사실 『자산어보』의 설명도 일반 삼치와는 약간 다르다. 너무 크다. 그래서 이무기 망蟒 자를 쓰셨을 것이다. 그렇다고 망어 외에는 삼치로 추측될 만한 어류가 없다.

한국해양연구원 명정구 박사께 문의를 하자 '동갈삼치'(긴 방추형으로 삼치보다 통통한 편이다. 등은 청흑색, 배는 은백색이다. 옆쪽에 40여 개의 가는 물결무늬가 특징이다. 서, 남, 제주 해역에서 열대 해역까지 넓

| 삼치가 너무 커서 반은 구이용으로 만들고 남은 반으로 회를 뜨고 있다.

게 분포한다. 수면 가까이 빠르게 헤엄치면서 작은 생선을 먹고 산다. 대형
어이다)일 거라는 답이 왔다. 그러면 그렇지. 손암 선생께서 삼치 맛
을 보셨다면 분명히 여러 줄 쓰셨을 텐데. 흑산도 바다 것을 모두
자셨으면서 하필 삼치 맛을 못 보셨구나. 구두 가게 사장님은 슬리
퍼 신는다더니.

삼치회는 내륙 횟집에서는 못 먹는다. 선어鮮魚 보관이 용이치
기 때문이다. 막 잡은 삼치를 얼음에 채워놔도 이틀이 한계이다. 회
뜨기도 쉽지 않다. 워낙 부드러워 조금만 거칠게 다루면 살이 뭉그
러져버린다. 남해안 항구 식당에서 간혹 사먹을 수 있다. 서해안 태
안반도 쪽에서도 제법 난다.

| 삼치잡이하는 모습. 이렇게 무거운 채비를 손으로 잡은 채 다녀야 한다. 하루종일 이러고 나면 어깨가 빠져나가려고 한다.

| 어느 겨울날 수협 어판장에 쌓인 삼치 무더기. 그날 거문도 배들이 낚아온 것이다. 많이 잡힌 날이다.

또하나의 방법은 얼리는 것이다. 싱싱한 상태에서 포를 뜬 다음 랩으로 싸 얼려놓으면 나중에도 맛볼 수 있다. 냉동회는 초보자도 썰 수 있다. 단, 녹이면 안 된다. 언 상태의 회를 먹는 것이다. 질감이 셔벗(샤베트) 같다.

가을이면 저 수심 깊은 곳으로 삼치떼가 몰려온다. 겨울에 가장 맛이 좋다. 이 시절이면 바다에 삼치 낚는 배로 가득하다. 택배로 사면 1킬로그램에 평균 7천 원 내외이다.

몸통을 약 2센티미터 두께의 슬라이스로 자른 다음 소금물에 넣고 몇 시간 두면 간이 밴다. 이것을 소포장으로 냉동해놓으면 구이로 아주 좋다. 대가리와 뼈는 매운탕거리가 되고 껍질은 데쳐먹는

다. 매운탕은 약간의 고추장 된장 풀고 간 맞춰 끓이면 된다. 묵은
지를 넣으면 더 좋고.

왜 이래?
아마추어같이!

섬에서는 조선간장 마늘 설탕 고춧가루 생강 깨 따위로 만든 양념장이나 고추냉이 간장에 회를 찍어먹는다. 묵은 김치에 싸먹기도 한다. 초고추장에 먹겠다면, 왜 이래 아마추어같이, 소리를 듣게 된다. 사실, 생선회에 초고추장은 잘 어울리지 않는다. 달고 신 맛이 생선살의 맛을 반감시키기 때문이다. 초고추장은 무쳐먹는 회에 쓰인다.

회로 배가 불러야 돼, 가 이곳의 기본인 만큼 수북이 쌓아놓고 먹는다. 횟집처럼 1킬로그램짜리 얇게 저며놓고 친구 부르면 욕먹기 십상이다. 차라리 족발 삶아주는 게 낫다. 대신 육지 손님이 오면 모양을 낸다. 회 잘 뜨는 선수들도 많다. 민물 안 묻히고 칼과 수건만으로 회를 뜨기도 한다. 이들의 공통점은 좋은 칼을 가지고 있다는 것이다.

그런데 자주 먹다보면 지겨워지기도 한다. 이를테면 엊그제 낚시를 갔다가 적잖은 참돔 두 마리를 낚았다. 이것 떠서 저녁을 먹자, 돌아오기는 했는데 망연자실 바라보다가 결국 라면 끓여먹었다. 나는 혼자 밥을 잘 먹는 스타일이다. 하지만 생선회는 그렇지 못하다. 좋은 재료와 능숙한 칼솜씨보다 더 중요한 것은 함께 먹을 수 있는 친구가 있느냐는 것이다.

해조 海藻

모자반

해장국을 위하여
술 마시는 맛

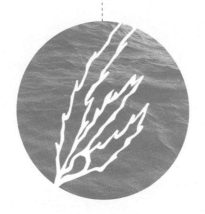

길이가 2~3자쯤 되고 줄기의 굵기는 힘줄과 같다.

줄기에서 가지가 나고 가지에서는 또 곁가지가 나고 곁가지에서 가느다란 가지가 무수히 나와 있다. 가지 끝에 이파리가 있는데 곱고 부드럽고 약하고 섬세하여 천사만루千絲萬縷와 같다. 뿌리를 뽑아 거꾸로 걸어놓으면 수천 가지 늘어진 버드나무와 같다. 조수를 타고 밀려오는데 취한 것도 같고 춤추는 것도 같다. 바닷물이 밀려가면 떨어진 이파리가 여기저기 흩어져 어지럽다. 색깔은 검다. (…) 사람들이 새끼줄을 허리에 매고 물에 들어가 이것을 딴다.

문장이 좋아 인용이 좀 길었다. 모자반, 하면 나는 엉뚱하게도 돼지족발이 떠오른다. 이렇게 된 일이다.

여섯 살 겨울, 외가 큰집에 간 적이 있다. 대가족에 친척까지 달려들어 모자반을 끌어올리고 있었다. 모자반은 떼배를 타고 나가 삿대로 감아 끊어 올린다. 삼나무 엮어 바닥을 만들고 축구골대처럼 틀을 세운 게 떼배이다. 제주도의 태우와 같다. 격벽은 없지만 자체의 부력으로 가라앉아도 갈 수 있다. 가득 싣고 오면 마치 해초로 된 섬이 떠밀려오는 것 같다. 바람 없는 썰물 때 그 일을 했다.

모자반 더미를 밀어놓은 장정들이 서둘러 돌아가면 바닷물이 미

| '거문도 백도 은빛 바다 축제' 때 복원해서 띄워놓은 떼배.
처음에는 '거문도 백도 갈치 축제'였는데 어느 해 갈치가 전혀 나지 않아 이름을 바꿨다.

치지 않은 곳까지 끌어올려 널찍하게 널어놓는 게 그곳에 모인 사람들의 일이었다. 양껏 그러쥐고 옮기다보면 노래미, 볼락도 튀어나오고 군소도 툭 떨어지고 여기저기 알무더기가 달라붙어 있기도 했다. 나도 고사리손을 보탰는데 그런 구경이 재미나 한 발자국 옮기고 나서 속 뒤져보는 것을 서너 번씩 했다.

흰 수염에 풍채가 좋은 어르신이 작업을 지휘하셨다. 쉬는 시간에 그분은 소주를 한잔 드시다가 나를 불렀다. 뭔가를 하나 내 입에 넣어주었는데 알뜰하게 살 발라져 있는 뼈였다. 그게 돼지족발 뼈라는 것은 나중에 알았다. 비록 씹을 것은 없어도 황홀하게 고소했다. 그러니까 그분은 모처럼 찾아온 아이에게 애정 표시를 하신 것이다. 하지만 나는 몇 번 빨다가 퉤, 뱉었다.

"크음."

마른기침 소리를 내는 게 그분 버릇인 줄 알았다. 그래서 한 점 더 빨다가 뱉어냈다.

"크음."

"냠냠, 퉤."

"크으음."

"쩝쩝, 퉤."

그제야 누군가 다가와 나를 말렸다. 그분은 여태 한 조각만 입에 넣고 계셨다. 몇 개 안 되는 술안주가 금방금방 줄어드는데 철없는 아이에게 뭐라 말하기도 뭐해서 헛기침만 하신 것이다. 나를 제지

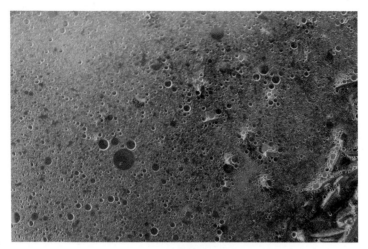
| 몰국이라고 부르는 모자반 국. 해장용으로 그만이다.

하려는 것보다는 누가 와서 이 아이 좀 말려달라는 신호였을 것이다. 물러나 앉았어도 고소함이 입안에서 사라지지 않았다.

모자반은 나물로 무쳐먹기도 하지만 최고의 진미는 국이다.

내가 사는 섬에서는 몰국이라 한다. 제주도 몸국이 바로 이거다. 생선이든 돼지고기든 사정대로 넣고 끓이는데 궁합이 가장 잘 맞아떨어지는 것이 소 내장이다. 기름기가 좀 있어야 한다는 소리이기도 하다. 예전에는 쇠고기 먹기가 어려워서 환갑 같은 큰 잔치나 있어야 먹을 수 있었다.

내가 아는 어떤 사내는 쇠고기와 모자반이 준비되면 일부러 소

| 모자반. 공기주머니는 바닷속에서 몸을 지탱하는 데 필요하다.

주를 마신다. 밤새 퍼마신 다음날 시뻘건 눈으로 어, 어허, 소리를
내며 국을 퍼먹는다. 먹는 행위가 전투 같기도 하고 의약품 투여 같
기도 하고 높은 강도의 몰입 같기도 하다. 그렇게 먹으면 더 맛있느
냐고 물어보면 "이것은 보대끼는 맛으로 먹어"라고 한다. 속이 쓰리
고 괴로울수록 더 맛있다는 게 그의 지론이다.

나도 숙취에 시달리다보면 이 국이 간절할 때가 있다. 끓여먹으면
텁텁한 입이 순간 풀리면서 무겁게 달라붙어 있던 술기운이 쑤욱
내려간다. 달고 시원하기 이를 데가 없다.

끓이는 거야 어려울 것 없다. 시장에서 사다가 일단 끓는 물에 살
짝 데친 다음 찬물에 헹구면 파랗게 살아난다. 그것으로 국 끓이면
된다. 말린 모자반은 물에 담갔다가 쓴다. 좋은 젓국간장은 필수.

모자반은 여러해살이풀로 작은 풍선 모양의 공기주머니가 잔뜩
달려 있다. 광합성으로 산소를 만들어내기 때문이다. 덕분에 15미
터 이상 자라 바닷속에서 이것을 보면 거대한 숲 같다. 어류들의 은
신처로 맞춤이다.

우리나라 전역에서 난다. 바다는 모자반이 있고 없고에서 큰 차
이가 난다. 줄기에 붙어사는 물벼룩이나 동물성 플랑크톤이 어류의
먹이가 되기 때문이다. 겨울이 들면서 부쩍 자라는데 어류들도 거
기에 맞춰 알을 낳는다. 환경 보전과 어업자원 확보에 아주 큰 역할
을 한다.

요즘은 이것 채취하러 다니지 않는다. 물고기를 위하여 보존을

사진제공: 한국해양연구원 명정구

| 바닷속 모자반 숲 풍경

해야 하기도 하고, 채취하려고 해도 떼배가 없다. 이곳 섬에서도 여름철 관광객을 위해서 해수욕장에 띄우는 몇 척이 전부이다.

대신 겨울 동풍에 떠밀려오는 것들을 줍는다. 겨울은 동풍이 드물기에 이 바람이 한번 불면 노인네들이 여럿 바닷가를 돌아다닌다. 모두 털모자와 목도리를 칭칭 감고 와서 종일 줍고 선별하여 줄에 널어놓는다.

"우리 같은 사람들이나 좀 해먹게 두지."

집과 번듯한 가게를 가진 사람들도 와서 줍는 것을 보고 혼자 사는 어떤 할머니는 신음 끝에 이렇게 중얼거리기도 했다. 일을 하다가 그들은 바위틈에 모닥불을 피우고 몸을 녹인다. 불을 피우는 곳

| 테트라포드 위에 줄을 묶고 널어놓은 모자반

은 몇 군데 정해져 있다. 새로운 바위 위에 불을 피우면 돌이 깨지
면서 튀지만 한번 불맛을 본 곳은 그렇지 않기 때문이다. 바람도 막
아주는 명당자리이다. 바닷가를 걷다가 늙은 부부가 두 눈만 내놓
고 불 쬐고 있는 모습을 보고 있자면 겨울 한복판 속으로 들어와
있는 기분이다.

참모자반 선별을 하고 나면 상태가 좋지 않은 것이 남는다. 예전
에는 이런 것들 가는 곳이 있었다. 변소이다. 휴지는 아예 없고 종
이도 귀한 시절이라 뒤닦개로 쓰였던 것이다. 그게 고스란히 밭으
로 가면 훌륭한 거름이 되었다.

| 겨울이면 마을 곳곳에서 이렇게 모자반을 말린다.
북서계절풍 불어오면 일제히 꼬리를 흔들며 춤을 추기도 한다.

좁은 땅에서 이렇게 산다
— 섬마을 풍경

섬마을 풍경은 외형적으로는 농촌마을보다 풍요롭다. 시래기나 고추 따위를 널어놓은 농촌에 비해 어촌은 미역, 다시마, 모자반, 이런저런 생선, 문어 따위를 마당에 널고 빨랫줄에도 걸어놓기 때문이다. 주인은 당장 낼 쓸 돈이 없어 안방에서 끙끙대고 있더라도 말이다.

땅이 좁기 때문에 섬사람들은 공간 활용능력이 뛰어나다. 꼭 필요한 곳에 꼭 필요한 크기를 배치해놓는다. 선박에서의 생활이 몸에 배어 있어 더욱 그렇다. 염분 때문에 지붕과 담은 페인트칠을 꼼꼼하게 해두고 마당은 늘 깨끗하게 쓸어놓는다. 정리정돈된 농가 보기가 쉽지 않듯 정리정돈 안 된 섬마을 보기도 어렵다.

좁은 땅은 본능적으로 흙과 식물에 대한 집착으로 이어진다. 코딱지만한 땅뙈기만 있어도 채소를 심는다. 그리고 마당귀에 여러 층으로 화단을 만든다. 판자로 만든 층층대에는 꽃나무 화분과 분재가 촘촘하게 올라서 있으며 각 화분마다 전복과 소라 껍데기가 빈틈없이 박혀 있다. 담벼락 아래는 줄지어 수선화를 심고 탁자에는 뒷산에서 꺾어온 나리꽃이 꽂혀 있다. 동박새 새장이 있기도 하다.

지금은 사라진 풍경 중에 마루기둥에 박아놓은 바닷가재가 있었다. 커다란 가재를 잡아 조심스럽게 속을 파내고 박제를 만들어 고정해놓은 것이다. 내 어렸을 때는 웬만한 집마다 이거 하나씩 있었고 서로 자기 것이 더 크다고 우기기도 했다. 집을 지키는 마스코트 같기도 하고 오래된 서까래를 커다란 집게발로 받치고 있는 듯도 한 그 모습은 이제 보이지 않는다.

치어 鯔魚

숭어

고관대작 부럽지 않은
서민의 맛

의심이 많고 민첩할 뿐만 아니라 헤엄을 잘 치고 뛰기도 잘한다.
그물 속에 들었다 해도 곧잘 뛰쳐나간다.
그물이 조여오면 가장자리로 나와 흙탕 속에 엎드린 채 동정을 살핀다.
맛이 좋고 깊어서 생선 중에 첫째로 꼽힌다.

『자산어보』 숭어 편을 읽으며 나는 빙그레 웃었다. 흑산도 바닷가에
서 숭어 그물 치는 것을 직접 보고 있는 손암 선생의 모습이 눈에
선했던 것이다. 눈이고 입이고 모두 동그래지셨을 것이다. 본문에는
숭어의 민첩성에 대한 묘사가 더 이어진다.

숭어잡이는 한번 볼만하다. 요즘은 주로 정치망(고정해놓은 그물)
으로 잡지만 얼마 전까지만 해도 배 두 척이 숭어떼를 둘러싸 잡았
다. 숭어떼를 찾으면 그물을 친 다음 돌멩이(이것을 빵돌이라 불렀다.
소음기를 떼어내고 엔진 굉음을 쓰기도 하는데 이것을 빵친다, 라고 한다)
를 던지며 한쪽으로 몬다.

그러다보면 자갈밭 가까운 곳에 그물을 칠 때도 있다. 이 녀석들

숭어 철에는 여러 마리 잡을 수 있다.
한 마리는 회 떠먹고 나머지는 포를 떠놓았다가 생선가스 해먹었다.

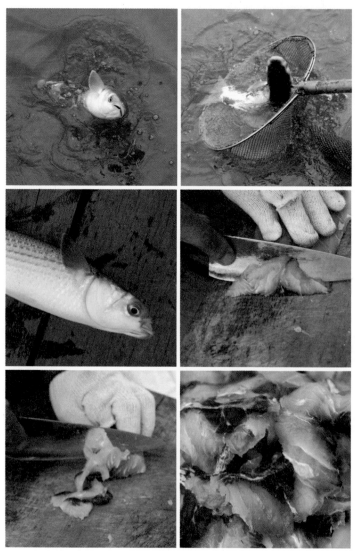

| 운수 나쁜 숭어가 낚인 다음 회가 되고 있다. 숭어 살에는 검붉은 색을 띠는 지방층이 있다.

이 해안으로 곧잘 모이기 때문이다. 당시에는 빠른 배가 없어 거의 이랬을 것이다. 이거, 보기만 해도 재미있고 생동감 넘친다. 해안가로 밀린 수백, 수천 마리가 파닥거리는 장면을 떠올려보시라.

선생의 묘사대로 놈들은 아주 영악하다.

그물이 좁혀오면 바닥에 딱 붙어 눈치를 살핀다. 그러다 틈이 보이면 줄지어 빠져나간다. 퐁당퐁당, 뛰기도 잘한다. 한번 뛰기 시작하면 보통 다섯 번 정도 한다. 버릇이다. 그러니 숭어와 관련된 말이 많다. 이름도 백 가지가 넘는다. 신화에서 보면 이름이 많으면 능력도 뛰어나고 의미도 다양하다. 아무튼 맛에 관한 것 하나. 숭어 앉았다 떠난 자리 펄만 먹어도 달다, 는 말이 있다. 얼마나 맛있으면.

그런데 요즘은 흔한 생선 취급이다. 숭어 잡는 어법이 너무 심하게 발달되어버린 듯하다. 양식도 한다. 항구 회센터에 가면 이것저것 섞어 3만 원, 5만 원 하는데 숭어가 없으면 양이 확 줄어들어버린다. 한창 철에는 씨름선수 팔뚝만한 놈이 몇천 원까지 떨어진다. 반대로 생각하면 원 없이 먹을 수 있다는 소리. 가난한 우리 서민에게는 아주 고마운 존재이다.

생선에 대한 영양 분석을 보면 보통은 서너 줄이지만 숭어는 거의 한 페이지다. 좋다는 것은 모두 들어 있다고 봐도 된다. 회는 달고 찰지며 살짝 데친 껍질은 고소하고 쫄깃쫄깃하다. 숭어 껍질에 밥 싸먹다가 논까지 팔아먹었다는 말이 있으니 정말 그런 사람 한

| 숭어 위. 물론 한 마리에서 이렇게 많이 나오지는 않는다.

둘 없지도 않았을 것이다.

  내장 중에 절구통같이 생긴 게 위인데(닭 모래주머니 비슷하다) 잘라내어 반으로 가른 다음 씻으면 오돌오돌 씹히는 맛이 별미이다. 숭어회 남은 것으로 전을 지져도 좋다. 살짝 튀긴다는 생각으로 하면 된다.

  싸고 맛있고 몸에 좋은 것으로 숭어만한 거 없다. 초겨울부터가 제철이다. 많이 먹어놓을 수 있는 기회이다. 봄철이 지나면 눈에 백태가 끼고 기름기가 빠져 볼품없이 변한다. 그러니 여름 숭어는 개도 안 먹는다고 한다.

보통, 머리가 더 납작하고 눈이 희고 기름눈꺼풀이 또렷하게 발달한 것을 참숭어라고 하고 그렇지 못한 것을 개숭어(가숭어)라 하는데(옛 문헌에는 강에서 나는 것만 참숭어라고 했다) 이런 구분, 사실별 의미 없다. 서해안 사람은 서해안 숭어가 펄을 먹어 맛이 달다고하고 남해안 사람은 깊고 푸른 바다에서 사는 남해안 것이 흙내가없어 더 맛있다고 한다. 다들 제 마을 훈장 똥이 더 굵다는 소리이다. 어디서나 다 맛있다.

참숭어 알로 만든 어란魚卵이 왕왕 텔레비전에 나온다. 아카시아꽃이 피면 숭어가 알을 낳는다. 그 직전에 만든다.

2, 3월은 낚시꾼에게 가장 가난한 계절이다. 낚시의 보릿고개이다. 수온이 떨어질 대로 떨어져 물고기가 깊은 바다로 들어가버린데다가 움직임도 약하기 때문이다. 탓에 이 철에는 굵은 놈 딱 하나만 노리고 종일 낚시를 하기도 하는데 생계형 낚시를 하는 나는 그럴 처지가 못 된다. 그러면 숭어 낚시를 간다.

파도치는 날에는 숭어가 깊이 들어가버리기 때문에 잔잔한 날이좋다. 수심 1.5미터 정도 두고 크릴로 낚는다. 마릿수가 많을 때는훌치기(봉돌을 매단 세 가닥 바늘을 이용해서 잡아채는 낚시 방법. 몸통이 걸려나온다)를 하기도 한다. 이 녀석은 힘도 세다. 원통 모양의 몸이 꿈틀꿈틀 팔딱팔딱 뛰는 것을 보면 힘찬 남성성의 발현으로 제격이다.

내게 몇 마리 얻어먹던 친구가 어느 날 제가 낚아오겠다고 갔다.

잘됐다 싶어 나는 안 갔다. 겨울철 낚시는 춥고 손 시려 고생이기 때문이다. 그런데 이 친구, 빈손으로 돌아왔다. 왜 못 잡았느냐고 하자 잡긴 잡았는데 잡힌 놈마다 용왕 아들이라고 빌어서 놔주었단다. 허참, 용왕은 힘도 좋지.

슈베르트 피아노 5중주 〈숭어〉는 송어의 잘못이다.

| 숭어 낚시는 겨울이 제철이다. 숭어는 힘도 아주 세다.

| 겨울이 지나면 잘 물지 않는다. 그럴 때는 이렇게 훌치기로 잡는다.

생계형 낚시

생계형 낚시는 두어 해 전부터 버릇처럼 쓰는 말이다. 먹기 위해서 낚는다는 말로 레저형 낚시의 반대 뜻으로 썼다. 그런데 하루키를 좋아한다는 우체국 직원이 물어왔다.

"책에 생계형 낚시를 한다고 나오던데 그렇다면 낚아서 파시는 건가요?"

아, 그렇게 생각할 수도 있겠구나. 물론 팔지는 않지만 생계형 아닌 것은 또 아니다. 다른 사람에게 종종 주기도 하고 그리고 뭘 받으니까 물물교환이다. 할머니에게 주면 마늘과 파, 고추를 주신다. 친구에게 주면 술을 사거나 또다른 고기를 준다. 육지에 보내주면 돼지고기가 오기도 한다.

그러니까 옛날형 낚시인 것이다. 공동체가 살아 있을 때 주민들이 그러했던 것처럼 말이다. 예전에는 고기잡이 다녀온 사람은 으레 이웃에게 나눠주곤 했다. "반찬이나 하소" 툭 던져주기도 하고 미안해서 안 받으려는 사람에게는 슬그머니 놓고 휙, 사라지던 모습 흔했다. 가난과 풍요를 분별 없이 공유하는 것. 그게 공동체이다.

공동체의 심성은 옆집이 마음에 걸려 차마 고기를 굽지 못했던 것에서 나온다. 먹을 것 없는데 어디선가 고기 굽는 냄새가 난다면, 얼마나 괴롭겠는가. 공동체는 촌스러운 것도, 고리타분한 것도 아니다. 상대를 배려하는 것은 인성을 유지하는 가장 좋은 방법이다.

　돈이 위세를 떠는 짓은 이
곳 변방도 예외가 아니지
만 그래도 마지노선은 유
지되고 있다. 혼자 사는
이들에게 사람들이 생선
과 쌀을 가져다주는 모습
을 자주 볼 수 있고 낚시하
다보면 마을 해녀가 소라 몇 개
내 발치에 두고 가기도 한다.

장어 章魚

문어

불쑥 찾아오는
알토란 같은 맛

머리는 둥글고 어깨뼈처럼 여덟 개의 긴 다리가 나와 있다.
다리에는 둥근 꽃 같은 게 맞붙어 줄지어 있다. 이것으로 물체에 달라붙는다.
다리 사이 가운데 구멍이 하나 있는데 이게 입이다. 이빨은 두 개이다.
배와 창자가 거꾸로 머릿속에 있고 눈은 목에 달려 있다.
맛이 달아 회에 좋고 말려먹어도 좋다.

박씨는 오래전 바닷가 현장에서 같이 일했던 사람이다. 금오도 사람으로 당시 오십 가까이 된 나이였는데도 기운이 좋았다. 젊은 우리들이 나가떨어질 정도로 고된 일이었는데 그는 길게 숨 한 번 내쉬는 것이 전부였다. 역대 이곳 현장 들어온 사람 중에 가장 장사壯士라고 우리들은 입을 모았다. 누군가 힘의 근원을 묻자 그는 이런 대답을 했다.

몇 달 전, 일을 마치고 집에 도착한 그들 부부는 깜짝 놀랐다.
초등학교 3학년인 막내아들이 마당에 쓰러져 있는 게 아닌가. 책가방도 대문 밖에 내팽개쳐 있는데 공책이며 필통이 다 쏟아져나와 있었다.

"오매, 우리 애기가 왜 저러고 있다냐?"

"이게 뭔 일이여. 응, 도대체 뭔 일이여."

깜짝 놀란 부부 뛰어들어가보니 아이가 코피를 흘리며 다 죽어가고 있었다.

"정신 좀 차려봐라. 도대체 무슨 일이어서 이러냐. 응?"

그러자 아이는 부들부들 떨며 붉은 반점이 선명한 손으로 한쪽을 가리켰다. 그곳에는 아이와 비슷한 크기의 무언가가 누워 있었다. 문어였다. 문어는 문어대로 먹물을 줄줄 흘리며 퍼져 있었던 것이다. 인기척을 느끼고 도망을 치려고 하지만 잔뜩 얽혀졌는지 동작이 시원치 않았다. 그가 달려들어 먹통을 따놓았다.

집이 바다에 바짝 붙어 있어 그믐사리 때 물이 들면 거의 길높이까지 차오른다. 아이 말대로 하자면, 학교에서 돌아오니 좋나게 큰 문어가 길에 올라와 있던 것이다. 앞뒤 볼 것 없이 책가방 벗어 던지고는 달려들었다. 둘은 뒤엉켰다. 문어는 아이를 끌고 물속으로 들어가려고 하고 아이는 아이대로 이를 악물고 마당으로 끌고 들어가려고 했다. 그러니 서로 조르고 물어뜯고 패대기치는 전투를 한동안 치렀던 것이다.

"잘했다. 잘했어."

크기가 크기인지라 부부는 말려서 팔 생각이었다. 그 말을 들은 아이가 기특한 소리를 했다.

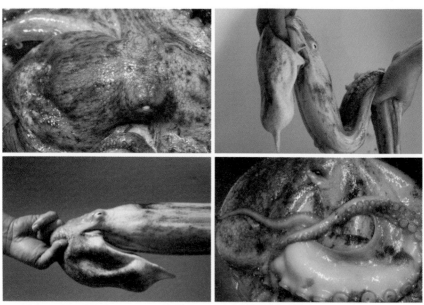

| 카메라를 사고부터는 문어가 내게 잘 잡히지 않았다. 이 녀석은 사진을 찍기 위해 문어 통발 배에서 샀다. 1킬로그램에 12,000원, 3.5킬로그램짜리였다.

"아부지하고 어무니하고 잡수라고 내가 목숨 걸고 잡았으니께 팔지 말고 잡수시오."

그러니 어떻게 팔겠는가. 워낙 커서 하루에 다리 하나씩, 몸통은 마지막날, 이렇게 9일간 훌륭한 몸보신을 했으며 자기의 기운은 거기에서 나온단다. 문어가 대표적인 보양식이긴 하지만 그런 마음을 얻는다면 어떤 힘인들 안 나올까.

그때부터 우리는 힘을 쓰지 않았다. 왜 일을 열심히 하지 않느냐고 사장이 채근하면 아들이 없어서라고 대답했다.

옛날이야기에 문어가 사람을 공격하는 장면이 왕왕 나오곤 하는데 생김새 때문에 나온 상상이다. 문어는 사람을 공격하지 않는다. 아이와 싸웠던 문어는 자신을 죽여도 놔주지 않기 때문에 움직임이 쉬운 바닷속으로 끌고 들어가려고 했던 것이다.

예전에는 붉은색을 칠한 항아리로 문어를 잡았다. 문어단지라고 한다. 된장찌개용 뚝배기보다 약간 큰 것을 사용했는데 모릿줄로 줄줄이 엮어서 만들었다. 요즘은 시멘트를 조금 채운 암갈색 폴리에틸렌 플라스틱으로 만든다. 그러니까 갑판에 원통형의 단지가 수북이 쌓여 있으면 문어잡이배이다.

문어는 똑똑하기로 유명하다. 배에서 잡아 갑판에 던져놓으면 슬금슬금 배수관 쪽으로 기어가는데 사람 눈치를 본다는 것을 한눈에 알 수 있다. 백합 같은 조개를 먹을 때는 껍데기를 닫지 못하게

| 현대식 문어 통발. 폴리에틸렌 플라스틱통에 시멘트를 조금씩 채워넣었다.

돌멩이를 끼워놓을 정도이다.

하지만 '집'과 관련해서는 헛똑똑이가 되어버린다. 자신만의 공간에 대한 집착이 아주 강해서 옴팍한 것만 있으면 들어앉기 때문에 둥근 단지로 잡는 것이다. 낙지도 그렇다. 항구에서 낚시를 하다보면 신발이나 플라스틱 그릇 같은 게 걸려 올라올 때가 있는데 어쩌다 낙지가 들어 있기도 하다.

문어의 독특한 버릇 중 또하나는 붉은색을 유난히 좋아한다는 것이다. 문어단지가 붉은색인 이유이다. 문어 키우는 양식장에 가서 붉은 천을 늘여놓으면 슬금슬금 다가온다. 이 정도니 공안검사가 봤다면 먹지 않고 모두 구속했을 것이다.

낚시에 간혹 올라올 때도 있다.

물고기 같은 몸부림 없이 묵직하게 끌고 들어가기만 한다면 문어일 가능성이 높다. 문어가 물었다 싶으면 빨리 올려야 한다. 바위에 빨판이 붙어버리면 채비가 터진다.

올라왔다 하더라도 초보자들은 저가 더 놀라 허둥대다가 놓치기 쉽다. 나도 예전에 저수지에서 붕어 낚시를 하다가 커다란 자라가 올라와서 허둥댄 적이 있다. 낚시하다보면 이렇게 느닷없을 때가 있다. 자라가 귀하고 비싸다는 것은 알고 있었지만 어떻게 잡아야 할지 몰랐다. 바늘을 뱉어낸 녀석은 짧은 다리로 버둥거렸고 나는 급한 대로 낚싯대 손잡이 끝부분으로 녀석의 등을 눌렀다. 그러자 모가지가 뱀처럼 주욱 늘어나더니 저를 누르고 있는 것을 덥석 무는 게 아닌가. 자라목이 그렇게 길게 늘어날 거라고는 생각도 못했다. 엉겁결에 낚싯대를 들었고 녀석은 도망쳤다. 나는 어어어, 소리만 한 예닐곱 번 냈다.

다시 문어.

놓치기 싫다면 배짱 좋게 목 부분을 움켜쥐면 된다(『자산어보』 설명대로 머리 부분이다. 둥그런 위쪽이 배다. 그렇지만 편의상). 팔목을 감고 빨판으로 빨아들이는 느낌은 좋지 않을 것이다. 그러나 어쩌랴. 잡으면 온 식구 행복하다. 조그마한 틈만 있어도 곧잘 도망을 치는 녀석이라 보관을 단단히 해야 한다.

삶을 때 식초와 설탕을 조금씩 넣는다. 육질을 부드럽게 하며 감칠맛이 돌게 한다. 너무 삶으면 질기다. 낙지도 마찬가지이지만 머리와 다리가 익는 시간이 다르다. 다리가 다 익었으면 잘라내고 머리 부분만 더 삶는다.

암컷은 봄철에 알이 차 있다. 알맛이 기가 막히다. 아주 잔 햅쌀로 밥을 지어놓은 것 같다. 씹는 질감이 끝내준다. 머리를 가르면 먹물이 들어 있다. 이게 소스 역할을 한다. 찍어먹으면 된다. 너무 익히면 먹물이 굳어버린다. 다리는 어슷어슷 잘라 무쳐놓으면 좋은 반찬이 된다. 죽을 쑤려면 북어처럼 방망이로 두들긴다.

봄철에 고흥군 도양항에 가면 문어 낚는 거룻배들이 많다. 도양항은 녹동이라고도 불리는 곳으로 바로 앞에 소록도가 있다. 그곳

| 삶은 문어다리를 어슷 잘라 무치면서 살짝 볶는다. 깊은 밤 소주 한잔 생각나면 이거 하나로도 안 주는 충분하다.

어부는 붉은색 천을 달고 돼지비계를 붙여 낚는다. 자그마한 거룻배들이 여기저기 떠 있는 풍경이 볼만하다. 요즘도 할 것이다. 간혹 해양경찰에 쫓겨 다니긴 하지만.

문어는 제 다리를
뜯어먹고 산다

문어 빨판은 1200개 정도이다. 흡반이라고 한다. 이것으로 먹이를
잡기도 하고 바위에 붙어 있기도 한다. 바위에 붙어 있는 놈을 억
지로 떼어내다보면 빨판이 떨어지기도 한다. 그 정도로 빨아들이
는 힘이 강하다. 또 이 녀석은 자신의 다리를 잘라먹는다고 한다.
배가 너무 고프거나, 저가 먹어봐도 맛있거나, 둘 중 하나는 확실
하다.

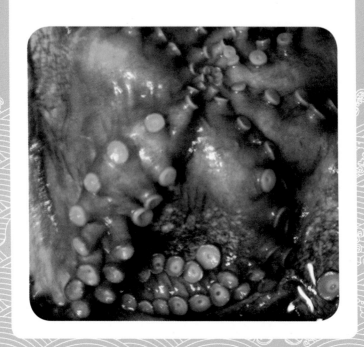

쉽게 따라 하는
낙지 잡기 교실

낙지는 문어보다는 쉽게 잡을 수 있다. 말해보면 이렇다.

낙지는 한밤중 밀물이 시작되면 모래나 자갈밭 가까이 오는 습성이 있다. 게 잡아먹으러 오는 것이다. 대략 봄부터 늦여름까지가 시기인데 바닷가마다 조금씩 차이가 있다.

랜턴과 양동이, 그리고 바늘 달린 막대기가 있으면 된다. 큰 낚싯바늘 서너 개를 우산살 모양으로 고정시켜 만드는데 당장 필요하면 막대기 끝에다가 오징어 바늘 한두 개 달면 충분하다. 무릎 잠길 정도에서 찾아다니다보면 랜턴 불빛에 녀석이 보일 것이다. 침착하게 바늘에 걸면 된다. 장화를 신든지 아니면 아예 젖을 작정을 하든지.

잠시 쉬는 시간에 산낙지 발 하나 뜯어 씹어보면 (좀 미안하지만) 정말 고소하다. 어렸을 때 어떤 사람이 낙지 담긴 망을 잠시 두고 어디를 갔었다. 주변 사람들이 달라붙어 비어져 나온 다리를 하나씩 이빨로 잘라먹었는데 하필 한 놈만 자꾸 걸렸는지 나중에는 몸통에 다리 하나만 달려 있었다(오오 이건 정말 미안하기도 하지).

또하나의 방법이 있다. 썰물이 되었다면 갯바위 물웅덩이를 찾아보는 것이다. 사리철에는 물이 빨리 나므로 채 못 내려간 놈들이 웅덩이 속에 남아 있기도 한다. 그냥 살펴보는 정도로는 부족하다. 바위와 바위 틈바구니를 자세히 보고 의심 가는 돌멩이는 뒤집어보기도 한다. 낙지뿐만 아니라 생각지도 못한 것들, 소라나 해삼, 어린 꽃게 따위가 걸리기도 한다. 특히 서해안이 이 짓 하기에 좋다.

벽문어 碧紋魚

고등어

뻔히 아는 것에
되치기당하는 맛

길이 두 자 정도로 몸이 둥글고 비늘이 매우 잘다.
등이 푸르고 무늬가 있다. 맛은 달콤하며 탁하다.
국을 끓이거나 젓을 만들기는 하지만 회나 어포는 만들지 못한다.
흑산 바다에서는 6월에 낚시에 걸리기 시작하여 9월에 자취를 감춘다.
낮에는 유영속도가 빨라 잡기 어렵다.
성질이 밝은 곳을 좋아해서 밤에 불을 밝혀 잡는다.

20여 년 전, 나는 충청북도 옥천군 이원면 장찬리에 있는 후배 집을 찾아간 적이 있었다. 남한을 따로 떼어내 이원면에 줄을 묶어 올리면 어느 한쪽으로도 기울어지지 않는다고 한다. 그만큼 내륙 깊숙한 곳이다. 바다와 가장 멀리 떨어진 곳이라는 소리. 그래서 그곳 아이들은 비행기는 알아도 배는 잘 몰랐다.

대전에서 완행기차 타고 이원에서 내린 다음 산을 타고 오르고 수몰지구 저수지를 한참이나 돌아 혀를 빼물 정도 되자 마을이 나타났다. 내 후배는 마을 생긴 이래 최초로 4년제 대학생이 된 이였다. 대학 합격통지서 받은 날 마을에서 돼지 잡아 잔치도 했다고 한다. 이름도 이원봉이다. 이원에서 봉 난 것이다. 고등학교 3년 내내

장찬리 이장이 되고 말겠다고 다짐했던 그는 면장으로 목표치를 슬 그머니 올려놓기도 했다.

원봉이 집에서는 여러 곳 밭농사를 했다. 인삼도 키웠다. 그는 토 요일마다 집으로 달려가 이틀간 일 도와주다 돌아오곤 했는데 어 느 날부턴가는 잘 안 가는 눈치였다. 효심이 남달랐던 아이가 그러 고 있어 내가 이유를 물었다. 그는 답했다.

"내가 집에 가는 날로만 이장님이 반상회 날을 잡아요. 나를 옆 에다 앉혀두구 말씀을 하시는디 말끝마다 꼭꼭, 내 말이 맞지 원뱅 아? 하시는규. 그것은 그렇다구 쳐두 동네 사람들이 공문서 같은 것이 와두 나한테 달려오구 모르는 한자만 하나 있어두 쫓아와요. 아주 죽겠시유."

아닌 게 아니라, 같이 간 후배들과 마당에 널브러져 있는데 아이 구, 원뱅이 대학교 친구들이 왔다던디, 하면서 마을 어른들이 구경 을 오셨다. 우리는 착실히 얼굴을 보여드렸다.

그러는 사이 어머니와 누님은 한참 동안 부엌에서 달그락 톡톡톡 거렸다. 처음으로 가본 깊은 산골이라 밥상이 어떨까, 내심 기대가 되기도 했다. 버섯막과 인삼막이 곳곳이었고 집집마다 산나물 말린 것도 그득했던 것이다. 뱀이나 오소리 따위는 예사로 끓여먹는다고 도 들었다.

이윽고 두 사람이 들어야 될 밥상이 들어왔다. 어떤 게 올라와

| 고등어조림. 싱싱한 놈으로 조려놓으면 때깔부터 다르다. 육지 사람이 섬에 와서 가장 놀라는 것이 고등어의 맛이다.

있을까. 뜻밖에도 밥상 위에는 미역국에 김, 멸치, 꽁치구이 같은 반찬이 가득했고 가운데 펄펄 끓는 뚝배기가 놓여 있는데 그 속에 들어 있는 것은 바로 고등어조림이었다. 나는 멈칫했다. 정육점 주인이 바닷가에 놀러갔다가 삼겹살 대접받은 셈이고 심마니가 곰취 선물 받은 꼴 아닌가. 하지만 구하기 힘든 게 귀한 법. 어머니께서 얼마나 아끼던 것들일까 싶어 먹는 동안 점점 미안해졌다. 우리는 산중에서 최고의 대접을 받은 것이다.

이것이 바다에서 항구로, 항구에서 내륙 도시로, 그리고 군이나 면을 거쳐 이 깊은 산속으로 오기까지 얼마나 많은 시간과 손을 거

| 갈치배가 낚아온 고등어. 이중에서 돌아오기 직전에 낚은 게 횟감이 된다.

쳤을까. 하지만 그 덕에 동태 멸치 따위와 더불어, 고등어의 미덕은 방방곡곡 어디나 있다는 것이다.

소태처럼 쓴맛이 돌 정도로 간을 해놓아도 훌륭한 반찬이 되는 탓에 만만하기도 하다. 그래서 그런지 고등어에 대해서는 다 안다고 생각한다. 심지어 안동 사는 안상학 시인은 간고등어가 안동댐에서 난다고 한다. 임하댐에서는 아예 간을 한 채 양식도 한단다. 그럴 리가.

아무튼 김정식, 이삼순씨가 마을마다 있다고 해서 우리가 그들을 잘 알고 있는 것은 아니지 않은가. 결론부터 말하자면, 내륙 사람이 섬에 들어와서 가장 놀라는 것이 고등어 맛이다.

우선 회.

예전에는 "고등어를 어떻게 회로 먹어요?"라고 주로 반응했다. 살아서도 썩는다는 말을 듣기 때문이다. 요즘은 제주도 직송 고등어회가 왕왕 텔레비전에 나온다. 그래서 '아직 한 번도 못 먹어봤다'는 대답이 대부분이다. 들어보니, 역시나 비싸다. 하긴 비행기 타고 간 게 값쌀 리가 있겠는가. 한 번도 못 먹어봤다는 말은 한 번도 못 가봤다는 말보다 더 불쌍하다. 못 사먹는다면 방법은 하나. 낚아 먹으면 된다.

의외로 고등어회는 갈치회나 도미회보다 먹기 쉽다.

낚시를 하는 사람이라면 자주 잡아봤을 것이다. 사실, 낚시꾼에게는 고등어가 귀찮은 존재이다. 번개같이 달려들기 때문에 다른 것이 물 틈이 없다. 그만큼 낚기 쉽다는 뜻이다. 초보자라도 쉽게 낚을 수 있다. 고등어는 전갱이와 함께 방파제나 갯바위에 일 년 내내 수시로 드나든다.

인터넷이나 낚시 채널 같은 데서 고등어가 문다는 정보를 얻을 수 있다. 그 동네 낚시점으로 간다. 초보라 말하면 채비에 대하여 설명해주거나 아예 만들어주기도 할 것이다. 낚싯대도 흔한 민장대면 충분하다. 민장대는 릴이 필요 없는, 말 그대로 밋밋한 낚싯대이다. 물고기는 낚싯대 보고 물지 않으니 비싼 것 살 필요 없다. 낚싯대와 줄, 자그마한 찌와 봉돌, 바늘이 준비될 것이다. 그러면, 낚고 있는 사람 근처에 서서 따라 하면 된다. 몇 번 하면 익숙해진다.

| 고등어회. 이거 먹여놓으면 다른 회는 쳐다도 안 본다. 세상에 무서운 게 사람 입이다.

아마 육지에서 온 부부일 것이다. 남편이 학꽁치, 고등어, 전갱이를 낚으면 아내는 손질하여 즉석에서 말렸다. 사진 찍을 때는 아내가 어디 갔었다.

| 제대로 고등어회 뜨는 중. 등지느러미를 잘라내고 껍질 바깥쪽 피막을 벗겨내고 있다. 얼음물에 담갔다가 꺼내야 기름기도 줄이고 맛이 좋다.

고등어는 금방 죽는다. 그러니 얼음에 보관해야 한다. 살이 부드러워 회 뜨기가 쉬우면서도 어렵다. 비늘을 긁어내고(거의 보이지 않을 정도이지만 긁어내는 게 좋다) 내장을 따고 등뼈의 피를 긁어내고는 깨끗하게 씻는다.

간단하게 회 뜨는 방법은 이렇다.

물기를 닦아내고 척추를 따라 한쪽 면씩 떼어낸다. 그것을 반대로 놓고 갈비뼈 쪽을 얇게 발라내고는 한 점씩 잘라낸다. 껍질이 남도록. 보통의 회처럼 껍질을 떼어내다보면 살점이 다 망가진다……이렇게 말로 설명하려면 한정 없다. 현장에서 직접 보고 따라 해보는 게 가장 좋다.

이런 것 잘하는 친구와 같이 가는 것도 한 방법이다. 혹시 싸웠다 하더라도 낚고 썰고 한잔하다보면 화해는 금방 된다. 또 싸울지 모르니 빨리 배워둔다. 낚시하는 사람들 중에 가장 보기 좋은 것은 가족이 와서 아빠가 회 떠먹이는 모습이다. 모름지기 애비란 먹을 것을 물어오는 존재이니까.

고등어회는 당연히, 아주 싱싱해야 한다. 살을 눌러보아 조금이라도 물렁거린다 싶으면 횟감이 아니다. 초고추장이나 겨자냉이에 식초를 조금 쳐먹으면 좋다. 그런데 이 짓, 할 줄 알게 되면 두고두고 도맡아 해야 하는 단점이 있다. 이 점은 고려하시길.

큰 놈을 제대로 해먹겠다면 등 쪽으로 칼을 넣어 등지느러미를 잘라낸다. 다음 한쪽 면씩 떠낸다. 그리고 반투명한, 껍질 바깥의

| 요리하려고 손질해놓은 고등어

| 묵은지를 넣은 고등어찜

막을 벗겨낸다. 그래야 껍질째 먹을 수 있다. 얼음물에 잠시 담갔다가 씻어 물기를 닦아내면 맛이 더 좋다. 기름기를 제거하는 것이다. 연습 좀 해야 된다. 연습 없이 잘되는 게 어디 있던가. 하다못해 노는 것도 연습이 필요한데.

구이나 찜으로도 좋다. 방파제에서 낚은 고등어는 작은 것이 보통이다. 작은 것은 맛이 떨어진다. 그래도 내 손으로 잡은 게 어디인가. 손질하여 소금 간을 해두면(냉동해놓으면 된다) 필요할 때 먹을 수 있다. 찜은 묵은지와 함께 지지면 좋다. 찜 요리법은 인터넷에 잔뜩 나와 있다.

그나저나 원봉이는 이원면장이 되었는지 모르겠다. 장찬리 이장이라도 되었으려나. 씩씩하기는 하지만 워낙 소박한 성품이니 경쟁우선의 요즘 세태와는 어울리지 못했을 것 같다. 이장이 되었다면, 그리고 멀리서 손님이 찾아온다면, 버섯찌개나 오소리탕은 뒷날로 미루고 고등어찜을 하고 있을지도 모를 일이다. 그의 엄마와 누이가 그랬던 것처럼 말이다. 그랬으면 좋겠다.

| 가두리에서 낚은 전갱이를 회 뜨고 있다. 즉석에서 안주를 만들 수 있는 게 바다의 묘미이다.

굴명충屈明蟲

군소

가르쳐주지 않고
혼자 먹는 맛

알을 품은 닭 같고 꼬리는 없다.
머리와 목이 겨우 올라와 있고 귀는 고양이와 비슷하다.
배 아래 해삼의 발 같은 것이 있으나 헤엄은 치지 못한다.
까맣고 붉은 무늬가 있다. 온몸이 붉은 피로 되어 있어 맛이 없다.
백번이고 씻어 피를 없애지 않고는 먹을 수 없다.

설명대로만 하자면 이거 뭐 먹을 수 있기나 하나 싶겠다. 먹어보라
고 해도 열에 열 모두 고개를 젓는다. 우선 생긴 것부터가 입맛하고
는 영 거리가 멀다. 얼룩덜룩한, 살아 있는 말똥 같다. 오죽했으면
손암 선생께서 이름에 벌레蟲를 넣으셨을까.

　더군다나 건들면 자색 물을 낸다. 손이 금방 물든다. 전복 잡아
먹은 손은 표시 안 나도 이것 때문에 군소는 표시 난다. 붉은 피라
했지만 일종의 체액이다. 방어 수단으로 보인다. 쥘 베른의 『해저 이
만 리』에서는 선원들의 옷감 염색을 이 녀석으로 한다고 나와 있을
정도이다.

　이 정도이니 찾아온 손님들에게도 권하지 않고 나 혼자 먹어왔

다. 그래서 사실 이것, 말 안 해주고 싶다. 두고두고 나만 먹고 싶다. 도대체 무슨 맛이라서 이럴까 싶으시겠다. 맛 자체가 뛰어나지는 않다. 맛보다는 질감이다. 녀석은 분명 동물인데 하는 짓은 식물성이다. 그래서 식물성 고기 같다. 코르크로 만들어놓은 것 같다. 그런데 특이한 그 질감이 입을 흐뭇하게 한다. 향도 강하다.

군소는 회나 매운탕이 안 되고 구이도 시원치 않다. 딱 한 가지 방법이 삶아 무쳐먹는 것이다. 예전에는 아이들의 구황식품이었다. 우리 어렸을 때는 군것질거리, 참 심하게 없었다. 묏등에서 삘기 뽑아 먹고 남의 밭에서 무 뽑아 먹는 게 유일했다. 고구마나 감자는 군것질 아니었다. 음식이었다.

우리의 간식은 바닷가에 있었다.

갯돌 뒤져 해삼도 잡아먹고 굴도 깨먹고 했다. 하지만 해삼은 쉽게 잡히는 것이 아닐뿐더러 짜서 먹기도 불편했고 굴은 고소한 뒷맛만 남아 배가 더 고파지곤 했다. 그중 배부르기로는 군소가 최고였다. 느려터져 잡기도 쉽다.

단, 참군소여야 된다. 흰색 점이 분명하고 냄새를 맡아보아 깨끗해야 한다. 거무칙칙한 것은 좋지 않은 냄새가 난다. 우리 섬에서는 담배군소라 해서 먹지 않는다. 피부의 상처나 염증 치료제로 쓰이기도 했다는데 나는 보지 못했다.

군소를 잡으면 배 쪽의 둥그런 살을 잘라낸다. 어렸을 때에는 굴껍데기 같은 것으로 잘랐다. 잘라내면 내장이 주루룩 빠져나온다.

| 이게 참군소이다.

내장을 끊어내고 나면 그때부터 일이다. "백번이고 씻어 피를 없애
지 않고는 먹을 수 없다"는 말씀대로 바위에 벅벅 문질러대는 것이
다. 거품이 일어날 때까지 계속 그래야 했다.

조그마한 것들이 먹고살겠다고 보라색 물든 손으로 열심히 문질
러대고 있는 모습은 지금 생각해도 참 그렇다. 그러다보면 껍질이
녹아나면서 붉은색 살이 나왔다. 우리는 그것을 탕, 해먹는다고 했
다. 달콤한 맛이 났다. 친구 아버지가 지나가다가 우리를 부르기도
했다.

"뭐하냐?"

"굼벵이 탕 해묵고 있어요."

| 군소 내장을 떼어내는 중이다. 보라색 체액이 흘러나오고 있다.

굼벵이는 군소의 이곳 방언이다. 물론 매미 애벌레와는 전혀 상관없다.

"너무 많이 먹지 마라, 배앓이할라."

각자 아귀가 터지게 오물거리고 있으면 또다른 친구 아버지가 지나갔다.

"탕 해먹냐?"

"예."

"잘했다. 많이 먹어놔라. 집에도 좀 갖고 오고."

요즘은 이렇게 안 먹는다.

| 갯바위를 다니다보면 이렇게 군소가 보인다. 삶으면 사정없이 줄어들어버리므로 큰 놈만 잡는다.

만약에 갯바위에서 이 녀석을 잡았다면 말했듯이 내장을 꺼낸 다음 문질러 씻고 삶으면 된다. 삶을 때 물을 거의 붓지 않고 삶는다. 물이 많이 나오기 때문. 얇게 잘라 무쳐먹기도 하고 양념장에 찍어먹기도 한다.

예전 고등학교 세계사 선생은 세계대전에 대해 설명할 때, 유럽에서 전쟁이 시작되면 우선 폴란드가 침공을 당하곤 했다면서, 그러기 때문에 전쟁 날 때마다 폴란드가 "찬물에 뭐 오그라들듯이 오그라들어버렸다"고 표현하곤 했다. 나는 군소를 삶을 때마다 그 말이 생각나서 웃곤 한다.

익으면 사정없이 줄어들어버리기 때문이다. 조금 전 그것은 어디가고 애는 또 뭐냐? 할 정도이다. 그러니 손바닥보다 작은 것은 놔준다.

큰 놈은 500그램도 넘게 나간다. 이 녀석은 식욕이 매우 왕성하여 종일 파래나 미역을 뜯어먹는다. 어떤 종은 200그램짜리가 1킬로 넘게 먹기도 한단다. 당연히 생식력도 왕성하여 암놈 수놈이 툭하면 달라붙어 있다. 늦봄에서 초여름 사이가 짝짓기 철이다. 생식력 왕성하니 알도 많이 낳는다. 바닷가에서 노란 라면 같은 것을 발견하면 이 녀석들의 알이다.

갯바위에서 미역이나 고둥 따위를 잡는 것을 '갯것한다'고 말한다. 음력 2월, 영등철 큰사리 때 사람들은 첫 갯것을 나간다. 군소가 많이 나면 한 사람이 백 마리도 넘게 잡을 수 있다. 예부터 내

| 이 녀석들은 워낙 느려 썰물 때 이렇게 톳 위에 누워 있기도 한다.

| 삶은 군소. 간장양념에 무쳐먹는다. 질감과 향이 특이하다.

려오는 말에 의하면, 군소가 많이 나는 해는 바람이 많이 분다고
한다.

앗, 만지지 마!

사람들이랑 낚시하다가 이 소리 하게 될 때가 있다. 쌔미라는 물고기가 낚였을 때이다. 가늘고 긴 등지느러미 가시에 독성이 있다. 여기에 찔리면 하룻밤은 아주 죽어난다. 죽지는 않는다. 본명은 미역치이다. 쑤기미라는 놈도 비슷하게 생긴데다 역시 독성이 강하다. 이 녀석이 올라오면 발로 밟고 집게로 바늘을 빼내는 게 좋다.

찔렸다 하면 마땅한 방법이 없다. 보건소 가서 진통제 맞아도 아픈 것은 별반 차이 없다. 암모니아수를 바르면 좀 낫기는 하지만 하룻밤 고생은 고스란히 감수해야 한다. 그런데 이거 큰 녀석은 매운탕으로 아주 좋다.

박순어薄脣魚

볼락

밤바다에서 꽃송이를 낚아내는
짜릿한 맛

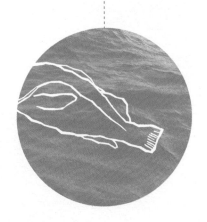

모양은 금처귀를 닮았다. 조기 크기이다.
색은 검푸르고 입이 작고 입술이 매우 엷다.
맛도 금처귀와 같다.
낮에는 바다에서 지내다가 밤에 석굴로 돌아온다.

박순어는 볼락이다(금처귀는 우럭이다. 뒤에 다룰 예정이다). 봄이 오면 반가운 손님이 이 녀석이다.

볼락이 들어왔다는 말을 들은 게 오늘 아침이다. 때맞춰 초저녁이 밀물이다. 이 녀석들은 밤에, 그리고 밀물에 잘 문다. 새우와 흔히 청개비라고 부르는 눈썹참갯지렁이, 랜턴, 야광찌, 케미, 약간의 주전부리, 이렇게 준비는 끝난다. 갯지렁이는 새우가 효과 없을 때 쓸 용이다. 갯지렁이 피에는 발광물질이 들어 있어 밤낚시에 유리하다.

밤낚시의 묘미는 한두 가지가 아니다. 남들 돌아올 때 찾아가는 역행의 맛이 있고 모든 소음을 쓸어낸 적막의 맛도 있다. 넓은 바닷가에서 홀로 불 밝히는 맛도 있고 달빛을 머플러처럼 걸치고 텅 빈

마을길 걸어 돌아가는 맛도 있다. 그리고 새벽 5시에 회 떠놓고 한 잔하는 맛도 빼놓을 수 없다. 사람이 밤에 하는 짓이 몇 가지 되는데 가장 훌륭한 게 이 짓이다.

갯바위에 도착하니 컴컴해졌다. 조용하고 잔잔하다. 민장대에 볼락 바늘 다섯 개 채우고 납봉을 단다. 우선 민장대로 해보고 여의치 않으면 릴대를 쓸 생각이다.

볼락은 색깔이 아주 예쁘다. 붉고 푸른 바탕에 노란색이 뒤섞여 있어 살아 있는 꽃송이 같다. 체형도 안정감 있는데다 단단하고 날렵하다. 좋은 것은 다 갖다 붙여놓았다. 아무래도 이놈들은 거울을 보는 버릇이 있을 것이다. 코디네이터가 있을지도 모른다.

단, 입술이 엷다고 했는데 튼튼한 편이다. 갯바위에 붙박이로 사는 것도 있지만 먼바다를 회유해오는 녀석들이 훨씬 많다. 주로 봄과 가을에 찾아오는데 계절과 상관없이 몇 마리씩 물기도 한다.

채비를 넣자 오래지 않아 신호가 온다. 두어 마리 낚았을 때 달을 가로막고 있던 구름이 비켜난다. 수면에 은빛 융단이 깔린다. 달빛이 번지는 수면은 세상에서 가장 아름다운 피부이다. 울퉁불퉁 바위도 순한 모습으로 바뀐다. 바다와 달 사이에 나 혼자만 있는 기분이라 속 편한 한숨이 저절로 나오는데 나 같은 이가 또 있는 모양이다. 두런거리는 소리가 바위 너머에서 난 것이다.

"혹시 어무니한테 말했어요?"

"속만 상할 건데 뭐하러 말하겠냐"

| 섬에서 검정볼락이라고 부르는 녀석이다. 구이, 회, 탕 모두 맛이 뛰어나다.

먼저 꺼낸 사람은 기가 죽어 있고 말을 받는 사람도 불편한 기색
이다.

"휘유, 내가 입이 열 개라도 할말이 없소."

한 마리 또 올라온다. 나는 공연히 조심스러워져서 녀석을 재빨
리 옮겨쥔다. 말은 이어진다.

"상황이 안 좋을 때는 사업을 안 하는 것도 방법이라고 내가 말
했잖나."

"먹고살려면 어쩔 수 없잖소."

"먹고살기만 하면 뭐가 문제겠냐. 너무 잘 먹고 잘살려고 하는 게
문제지."

| 거문리항. 바다와 배, 가게와 골목과 집, 산이 한꺼번에 모여 있는 곳은 섬밖에 없다.

보아하니 형제가 밤낚시를 하러 온 모양이다. 육지에서 실패를 본 동생이 고향에 온 거라는 것은 안 봐도 뻔하다.

"형님 돈은 어떻게 해서든 벌충해놓을 테니 걱정 마시오."

"……"

"못 갚으면 어디 가서 콱 죽어버릴라요."

"너는 사업도 너무 서두르다가 말아먹더니 죽는다는 말도 꼭 그렇게 하는구나."

몇 마리 계속 물어댄다. 그것은 그쪽도 마찬가지이다. 아이구야, 요놈은 굵다, 소리도 들린다. 볼락은 무리를 지어 다닌다. 그러기에 연달아 무는 경우가 잦다. 마치 입을 벌리고 줄지어 기다리는 것 같다. 크기도 적잖다. 이 정도면 꽃다발이다. 결혼식이나 졸업식장이 바닷속에 만들어졌다.

볼락은 어떤 요리를 해도 맛있다. 회도 좋고 구이나 찜이나 탕, 모두 맛이 뛰어나다. 뼈꼬시(일명 세꼬시) 횟집에서 봄철 가장 인기 있는 종이 도다리와 이 볼락이다. 우리 섬에서 내려오는 볼락 조리법 중에 독특한 게 있다. 소개하면 이렇다.

냄비에 맹물을 적당히 넣은 다음 소금 간이 밴 볼락을 삶아먹는다. 꾸덕꾸덕 말린 거면 더 좋다. 아무 양념 안 한다. 익으면 수저로 파먹는다. 그 국물에 또 삶아먹는다. 세 번 정도 하고 나면 국물이 진국이 된다.

『자산어보』원문에 적박순어赤薄脣魚가 또 나온다. "볼락과 같으나 색이 붉다는 점이 다르다"고 적혀 있다. 도화볼락이라고 보는 이도 있지만 이것은 한해성 어류인 불볼락으로 보인다. 볼락보다 붉고 노란 색깔이 더 강렬하며 조금 먼, 깊은 바다에서 산다. 보통 4~50미터.

그러기에 이 녀석들 낚으려면 배를 타고 가야 한다. 비용이 들어서 그렇지 낚는 것은 어려울 것 없다. 카트 채비로 줄줄이 낚아내는, 이른바 '열기'가 이 생선이다. '열기 낚시'를 인터넷에 치면 정보가 많이 뜬다. 초겨울부터 봄까지가 제철이다. 20센티 정도가 4, 5년생들이다. 암컷과 수컷이 교미하여 체내수정을 하고 뱃속에서 알을

| 열기는 이렇게 줄줄이 올라온다.

| 손질과 간을 마친 열기. 두세 마리씩 냉동해놓으면 언제든지 탕이나 구이를 먹을 수 있다.

열기는 낚는 대로 어선 물칸에 넣어둔다. 어선은 물고기를 살릴 수 있는 물칸이 있다. 수심 깊은 곳에서 올라온 놈들은 수압 차이 때문에 이렇게 배를 뒤집는다.

어린 볼락 말려놓은 것. 나중에 쪄먹는다.

열기 말려놓은 것. 구이나 탕에 쓴다.

부화한 다음 새끼를 낳는 난태생이다.

2~30개 낚시에 줄줄이 올라오는 장면은 기다란 화환이 올라오는 것 같다. 워낙 많이 잡히므로 열기 낚시에 매료된 사람은 기간이 짧은 것을 한탄한다. 이 시기가 지나면 다들 깊은 곳으로 흩어지기 때문. 대신 갯바위나 방파제 밤낚시는 가을까지 가능하다. 볼락 낚시에 재미를 붙인다면 내년 초봄에 열기 낚시가 하고 싶어질 것이다.

쿨러가 제법 찼다. 흐뭇하다. 이웃도 그런 모양이다.

"어무니가 볼락 낚아오라고 하더니 이렇게 잘 물 것을 빤히 알고 시킨 것 같소."

"이 정도면 푸지게 먹겠다. 니가 낚은 것은 냉동해서 가져가라. 제수씨가 이것 좋아하지?"

"볼락 구이라면 환장을 해요."

형제의 낚시는 한동안 더 이어진다. 달빛이 맑다.

숟가락으로
생선 먹기

남들 모르는 것 하는 재미가 있는 것처럼 수저로 생선을 먹으면 맛이고 느낌이고 유별나다. 앞에서 말한 볼락탕의 경우 다 끓여놓아도 생선의 모습이 그대로 유지되어 있다. 수저 날을 세워 등 쪽과 배 쪽 사이로 길게 길을 낸다. 그리고 등지느러미 아래로 수저 끝을 집어넣으면 살이 부서지지 않고 통째로 떠진다. 이렇게 하면 갈비뼈를 제외한 나머지는 깔끔하게 먹을 수 있다.

나는 생선 손질을 할 때 지느러미를 잘라내지 않는다. 요리를 해놓으면 등과 꼬리 지느러미가 제 모습을 지키고 있는 게 보기에도 좋다. 그런데 할머니는 다르다. 모두 잘라낸다. 그냥 두는 나를 보고 뭐라 한다. 잘라버려라, 싫소, 그것을 뭐하러 붙여놓냐, 그냥 두는 게 좋다니까요. 이렇게 투덕거린다.

한번은 전화가 와서 잠깐 자리를 비웠는데 그새 내 것을 모두 잘라놓고서 모른 체하고 있었다. 아니 이거 왜 잘랐어요? 아 글쎄, 먹지도 않을 것을 왜 붙여놓냐. 둘은 기가 막혀 서로를 바라보았다. 그러다가 합의를 본 게, 영자 것은 영자 맘대로, 순돌이 것은 순돌이 생각대로, 이다. 그래서 냉동을 해놓아도 네 것, 내 것 구분이 쉽지만 지금도 탐탁지 않게 여긴다.

지느러미를 잘라내버리면 단순한 고깃덩어리 같다. 제 모습을 유지해놓으면 생명체의 느낌이 든다(시인들은 이때 이렇게 말한다.

한때 눈부신 생명이었던 것들이 어쩌고
저쩌고). 그래야 구석구석 살조각
까지 살뜰히 먹어진다. 나는 이
게 예의라고 생각한다.
 서양요리의 아스파라거스는
이를테면 분향소의 흰 국화 같은
것이다. 그들은 자신이 죽인 생명의
명복을 비는 의미에서 아스파라거스를
접시 위에 올렸단다. 따로 올릴 것이 없는 나는 본모습을 망가지지
않게 하는 것으로 대신하는 것이다.
 '죽인 것은 전부 먹자'가 내가 세워둔 또하나의 원칙이다. 이를테
면 노래미는 어린 거라도 바늘을 잘 삼킨다. 이러면 놔주어도 죽
는다. 죽였으니 가져와서 먹는다. 그만큼 다른 것을 덜 먹게 된다.
화류계를 오랫동안 떠돌았던 한 사내는 이렇게 말했다. "꺾었으면
버리지나 마라."

확률에 대해서
생각하다

4킬로그램 정도 되는 방어를 한 마리 낚아왔다. 4물, 만조를 삼십 분 앞 둔 오후 5시경, 작은 삼부도와 거문도 중간쯤에서 낚았다. 수심 35미터. 전갱이를 산 채로 꿰어 쓰는 방법을 썼다.

이 녀석은 3년 전 제주도 남서쪽 20 킬로미터 지점에서 태어났다. 새끼 때는 수면에 뜬 모자반 줄기 아래에서 숨죽이며 살았다. 삼치한테 몇 번 먹힐 뻔한 경우가 있었으나 용케 살아남았다. 조금 더 커서는 저 북쪽 옹진반도 너머까지 올라갔다가 내려왔으며 제법 방어 모양이 잡히고부터는 제주도를 수백 바퀴나 돌았고, 이어도 기지도 다섯 번이나 다녀왔으며 추자도, 여서도, 거문도를 여러 번 지나다녔다. 오늘도 백도 인근에서 멸치떼를 따라 삼부도 쪽으로 왔으며 모두 다섯 마리의 멸치를 잡아먹고 벼랑처럼 생긴 여 근처에서 잠시 쉬고 있을 때 전갱이가 문득 저 위에서 내려왔다. 배는 그다지 고프지 않았지만 전갱이가 어디 가지도 않고 앞에서 빙빙 돌고 있기에 그만 꽉 물었다.

나는 거문도에서 63년에 태어나 여수, 광주, 대전, 천안, 서울 등지를 옮겨다니며 살다가 4년 전에 이곳에 다시 들어왔다. 오전에 원고를 썼고 점심으로 라면을 끓여먹고 잠시 누워 있는데 당숙이 방어 낚으러 가자며 연락해왔다. 당숙은 오전에 여수 나가려고 했는데 손님이 찾아들어온다는 소식에 눌러앉았던 것이다. 빗방울이 서너 개 떨어져서 어떻게 할까 하고 있다가 비가 더이상 올 것 같지가 않아서 바다로 함께 나갔다.

이렇게 방어와 나는 이 넓은 바다에서 그 시간, 딱 그 자리에서 만난 것이다. 녀석은 수만 킬로미터를 돌아다녔고 나는 수천 킬로미터를 이동했는데 말이다. 돌아오는 길에 나는 물칸 속에서 어색하게 헤엄을 치고 있는 녀석을 바라보며 둘이 만날 확률을 생각해보았다.

엄청나게 높은 숫자가 있고 그 위에 1이 있을 것이다. 하필 그 확률이 맞아떨어져버린 것 때문에 녀석은 이제 일생을 마치게 되고 나는 먹을 게 생겼다. 그러다보니 좀 막막해지기도 했는데, 문득 1963년에 태어난 나와 1994년에 태어난 딸아이가 부녀간이 될 확률도 떠올려보며 안도의 한숨을 내쉬기도 했다.

앤 드루얀에게─광대한 우주, 그리고 무한한 시간, 이 속에서 같은 행성, 같은 시대를 앤과 함께 살아가는 것을 기뻐하며

천체물리학자 칼 세이건이 그의 책 『코스모스』에서 아내에게 쓴 헌사이다. 은하계 중에서도 태양계, 그중 지구에서 같은 시간대에 태어나고 사랑하게 된 것을 천만다행으로 생각하는 것이다. 내 가까운 사람들은 모두 이런 기적 같은 확률을 뚫고 만난 사이인 것이다.

담채 淡菜

홍합

어떤 사내라도
한마디씩 하고 먹는 맛

몸은 앞이 둥글고 뒤쪽이 날카롭다.

길이는 한 자 정도 되고 폭은 그 반쯤 된다.

날카로운 부분 아래로 더부룩한 털이 있다.

조수가 밀려오면 입을 열고 밀려나가면 입을 다문다.

껍데기의 빛깔은 새까맣고 안쪽은 미끄러우며 검푸르다.

말린 것이 사람에게 가장 좋다.

콧수염 뽑을 때 피가 나는 사람에게 그 털을 태워 재를 바르면

지혈효과가 매우 좋다.

『본초강목』에 의하면 각채殼菜, 여음女陰, 동해부인東海夫人이라고 했다.

담채는 홍합인데 흔히 담치라고 한다.

남쪽 가까운 바다에 흰 스티로폼이 밭이랑처럼 늘어서 있으면 거의가 홍합이나 굴 양식장이다. 나는 80년대 후반 여러 해 동안 홍합 현장 일을 했다. 작업선이 양식장에서 따오면 바닷가 현장에서 씻고 삶고 까고 한 다음 공장에서 제품을 만드는 게 기본구조이다.

현장에서 삶은 홍합을 까는 이는 할머니들, 공장에서 제품을 만드는 이는 중년 여인네였다. 그 인정물태를 배경으로 장편『홍합』을 쓰기도 했다. 사내들은 주로 얻어먹는 역할을 했는데 이렇게 부류가 나뉘었다.

머리가 부숭부숭하고 얼굴에 잠이나 술기운이 덜 가신 인물들이 운동복 바지에 슬리퍼 끌고 어슬렁어슬렁 나타나면 딱 동네 남자들이었다.

현장에는 인부들이 마시는 막걸리가 노상 준비되어 있고 솥에 홍합이 있으니 금상첨화였다. 별생각 없는데 굳이 주겠다니 인정으로 받는다는 투로 한잔 받아 마시고는 뜨거운 김을 내뿜으며 발랑 벌어진 홍합을 솥에서 들고 까먹는데 어느 누구라도 입 다물고 그냥 먹는 이가 없었다.

"참말로 아무리 봐도 똑같이 생겼네."

간밤에 보던 것과 단순 비교하는 측이다.

"어째 이 불쌍한 것을 이렇게 모지랍스럽게 쏋어분다냐. 얌전히 있는 것을 끄집어올려, 패대기쳐, 불로 쏋어, 빤스 벗겨, 아이고 불쌍한 거."

측은지심측도 있다.

"제미, 뭐 묵겠다고 쫙 벌리기는. 이이고, 볼가진 공알하고는. 니미, 터럭도 드럽게도 많다."

이렇듯 세심한 관찰형도 있었다. 그렇게 사살 한마디씩 하며 훌러덩 까먹고는 인사로 책임자 붙잡고 요즘 시세가 어떻니, 단가가 저떻니 마진율은 얼마나 되니 마니, 몇 마디 뒤를 늘리는 것으로 모양새를 맞추었다.

—『홍합』 중에서

| 80년대 후반 홍합공장 모습. 삶은 홍합에서 한쪽 껍데기만 떼어내는 작업을 하고 있다.

　아닌 게 아니라 홍합은 바다에서 요물로 통한다.

　생긴 것 때문에 생긴 말이려니 싶지만 그게 아니다. 몸통과 알 크기가 빗나가는 경우가 있기 때문이다. 껍데기는 큰데 삶아놓으면 알이 조그마할 때가 종종 있다. 보통 샛바람(동풍)이 불고 나면 살이 쪼그라들며 엉덩이 부분에 까만 똥이 찬다. 하늬바람(서풍)이 불면 다시 살이 찬다.

　포장마차 따끈한 홍합 국물에 소주 한잔은 추운 겨울 강력한 유혹이다. 그런데 이건 양식한 것이다. 『자산어보』에 나오는 담채와는 종자가 다르다. 진주 담치, 지중해 담치라고 하는데 개화기 때 화물선에 붙어 들어와 퍼진 것으로 추측된다. 연승줄에 매달아, 수중에

| 홍합의 아가미. 쓴맛이 약간 나므로 큰 놈은 떼어내고 먹는다. 그냥 먹어도 된다.

띄워 키운다.

담채는 자연산 홍합이다.

이것은 잠수를 해야 볼 수 있다. 수심 5미터 이상 들어가면 굵은
게 보인다. (사람 손 안 탄 곳은 조간대에서 볼 수 있다. 썰물 때 드러나는
부분을 조간대라 한다.) 그보다 더 깊이 들어가면 아주 굵다. 어른 뼘
보다 큰 것도 있다.

그러니 한 자 정도 된다고 했을 것이다. 실학자답게 손암 선생은
크기를 꼼꼼하게 기록하셨는데 몇몇 가지는 요즘 것보다 더 크게
나온다. 당시의 것이 더 컸을 터이지만 근사치에 가까우면 한 자, 두
자 이렇게 적어놓기도 하신 것 같다.

| 갯바위에 붙어 있는 굵은줄격판담치. 섬마을 사람들 반찬과 낚시밑밥으로 쓰였다.

| 자연산 담치는 잡물이 많이 붙어 있다. 칼등으로 그것을 떼어내고 있는 중이다.

자연산은 모두 해녀들이 잠수질하여 빗창으로 따오는 것이다. 빗창은 끝이 반듯한, 뾰죽한 것과는 반대인 창이다. 그것으로 바위에 뿌리처럼 달라붙어 있는 담치 터럭을 찔러 떼어낸다.

또하나의 토종이 갯바위에 빽빽하게 달라붙어 있는 굵은줄격판 담치이다. 갯바위에 가면 흔히 볼 수 있는 작은 종이다. 우리 마을에서는 샛담치라 부른다. 그중 실한 놈을 따와 반찬으로 쓰기도 한다. 모두 한여름에는 종종 독소가 생기기도 하므로 주의해야 한다. 양식은 주기적으로 독소 검사를 한다.

혹시 섬에 가게 되면 요즘 홍합을 따는지 물어본다. 그렇다고 한다면 해녀 집을 찾아간다. 가격 물어보고 주문을 한다. 해녀가 말할 것이다. 오늘 5시쯤 가지러 와라, 또는 내일 3시쯤 와라. 그날 간조 시간에 맞춰 물질을 하기 때문이다.

민박집이면 주인에게 주문을 부탁해도 된다. 해녀들에게 사면 횟집에서 먹는 것보다 훨씬 싸다. 보통 1킬로에 몇천 원이다. 보통 크기로 열몇 개 된다. 물론 껍데기째 무게를 단다. 우리가 돼지갈비 살 때 갈비뼈 빼고 무게 달지는 않는 것처럼 말이다. 개수 작으면 그만큼 살이 꽉 찼다는 소리이니 적다고 속상해할 일은 아니다.

가장 간편한 방법이 삶는 것이다. 해녀는 팔기만 한다. 손질은 산 사람의 몫이다. 껍데기에는 이런저런 잡물이 많이 달라붙어 있다.

식칼 뒷등으로 탁탁 쳐서 긁어
내듯이 떼어낸다. 칼이 없으면
날카로운 부분으로 다른 홍합
을 손질한다. 그다음 씻는다. 바
닷물에 씻어도 된다.

냄비(코펠 큰 것이 되겠지만)에
넣는다. 물은 맥주잔 반 정도만
붓는다. 국물을 먹겠다면 칼로
뿌리 부분을 매끈하게 잘라내
는 것이 좋다. 더 깨끗하게 손질
하고 물을 조금 더 넣으면 된다.

| 홍합 공장에 일하러 온 어느 할머니의 점심식
사. 내가 사진기를 들이대자 어색하게 웃으셨
다. 지금쯤은 돌아가셨을 게다.

도대체 얼마를 더 부으라는 말이냐, 이런 소리는 계모임 계주한테
나 하면 되겠다. 짠맛이 나오므로 간을 보면서 물을 타면 된다. 어
떤 음식이든지 간을 본 다음 소금 치는 것은 기본이다. 이 국물에
수제비나 칼국수를 해먹기도 한다. 시장에서 산 양식 홍합은 세척
한 것이니까 한 번 정도만 씻고 끓인다. 거품 넘치는 것 조심할 것.

너무 오래 끓이지 않는다. 입이 벌어지고 알이 동그랗게 보이면
먹는다. 특히 칼이나 껍데기로 관자(껍데기와 살이 서로 연결되어 있
는 꼭지)까지 도려내어 먹는다. 씹는 맛이 좋다. 운좋으면 진주도 나
온다.

대서양 바닷가 도시를 찾아간 적이 있었다. 레스토랑 메뉴에 피시fish가 있었다. 대서양 생선 맛은 어떤가 싶어 80프랑이나 주고 시켰다. 나온 것은 홍합탕이었다. 거기 친구들, 이거 겁나게 좋아한다. 내가 홍합 일 할 때 태반이 수출품이었고 전량 유럽행이었다. 그곳 사람들은 치즈나 버터를 넣어서 끓여먹는다. 그렇게 해먹고 싶다면 양파나 파를 가늘고 길게 채 썰어 고명처럼 얹는다. 맛보다는 시각 효과.

숯불에 구워먹는 이들도 있다. 불이 괄해도 속에 있는 물기 때문에 곧잘 꺼져버리고 만다. 칼끝을 사이로 집어넣어 물을 좀 빼고 굽는 게 좋다. 안 해본 사람은 손 다치기 쉬우므로 조심해야 한다.

홍합전 또한 별미이다. 시장에 가면 까놓은 홍합살이 있다. 씻고 물을 빼놓는다. 밀가루 입힌 다음 계란 옷 입힌다. 그 위에 튀김가루나 빵가루를 입혀 튀겨낸다. 튀긴다기보다는 지져낸다. 굴전 하는 것과 같다.

단, 굴전은 조금 덜 익혀도 되지만 홍합전은 다 익혀야 한다. 홍합은 날로 먹으면 입이 아리다. 어차피 요리는 배합과 타이밍. 몇 번 하다보면 타이밍을 맞출 수 있다. 뜨거울 때 먹는 게 좋다. 잘되었다면, 어느 전보다도 맛이 뛰어나다. 말린 홍합으로는 맛이 떨어진다.

자연산은 잘라서 된장국을 끓이거나 죽을 쑤어먹기도 한다. 불 끄기 일 분 전에 양파를 조각내어 넣으면 씹는 맛이 좋다. 식성에

| 삶아서 이 정도면 보통인 경우다. 홍합은 알 크기가 들쑥날쑥하다.

| 삶아서 말리는 중. 붉은 게 암컷이고 더 맛있다.

따라 방아 잎을 넣기도 한다. 그리고 하나 더. 붉은 게 암컷이고 흰 것이 수컷이다. 암컷이 더 맛있다.

처음 소설을
쓰기 시작한 곳

작가가 되겠다고 생각한 게 그 시절이었다. 작가 직업을 선택한 이유는 세 가지였다. 돈을 못 벌어도 욕을 덜 먹는 직업이라는 것, 종이와 볼펜만 있으면 된다는 것, 그리고 세상에 대해서 내가 유지해야 할 태도.

『홍합』은 98년에 썼다. 당시 나는 일 년 정도 전업작가를 하고 있었는데 그게 실업작가와 다를 게 없다는 것을 깨닫는 것은 어렵지 않았다. 이사 간 동네에 커다란 청소년 수련원 공사가 있었다. 일자리를 알아보려고 갔을 때 50명 정도의 사람들이 걸어나오고 있었다. 현장 수위는 오늘 잘린 사람들이라며 거드름을 피웠다. IMF 때였다. 몇몇 현장을 더 찾아다니던 나는 결국 낙담해서 집으로 돌아왔다. 그때 신문에서 한겨레문학상 공모를 보았다.

방에 커튼 치고 윗도리 벗어부치고 썼다. 석 달 걸렸다. 그들의 이야기를 기록해놓으리라 오래도록 마음먹고 있었기에 떨어져도 좋다고 생각했다. 당선되었고 돈이 생겼다. 딸아이와 돈가스부터 사먹었다.

이문구 선생께서 언젠가 말씀하셨다.

"상 타지 마. 돈은 안 남고 몸만 상해."

그대로 됐다. 그래도 홍합공장의 동료들을 다시 만나 술 한잔 대접할 수 있었다. 뭐하러 그런 것까지 썼어? 술자리에서 반장 강미네는 내 등짝을 후려쳤다. 나는 미안해서 스탠드바로 2차를 모셨다.

이어耳魚

노래미

헤어진 사랑보다
더 생각나는 맛

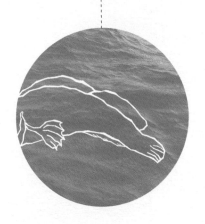

몸은 둥글고 길며 비늘이 잘다.
파리 날개 같은 두 귀가 머리에 붙어 있다.
바위틈에서 살며 맛이 없다.

은미 엄마는 예전에 해산물 공장에서 함께 일했던 이로 평범한 외모에 호리호리한 몸을 가지고 있었다. 말이나 동작이 부드러웠으며 성격이 깔끔하여 점심시간에 잘 눕지도 않았다. 성실함도 유난하여 늦게 오는 법 없고 일찍 가는 법 또한 없는데다 날마다 아이들 걱정을 하면서도 잔업 수당은 포기하지 못했다. 남편과의 금실도 좋았던지 아이가 올망졸망 넷이나 됐다.

어느 월요일. 은미 엄마가 출근을 안 했다. 한 번도 없던 일이었다. 함께 다니던 철이 엄마도 영문을 몰라했다. 전화도 받지 않았다.

그녀는 오전 새참시간이 되어서야 나타났는데 얼굴색이 좋지 않았다. 크게 바쁘지 않던 때라 몸이 나쁘면 들어가 쉬라고 공장장이 말했다. 그녀는 고개를 저으며 푸른색 앞치마를 몸에 둘렀다. 내가 보기에도 아파서 그런 것 같지는 않았다.

철이 엄마가 무슨 일인가 물어도 별 대답이 없었다. 집안 대소사를 모두 의논하는 철이 엄마에게도 입을 다문다면 극히 개인적인 일이리라, 나는 짐작했다. 점심시간에 그녀는 햇살 바른 담벼락에 몸을 기대고 맞은편 바다만 바라보았다. 말을 걸어도 도통 반응이 없고 대신 파마머리에서 부서지는 햇살만 더욱 부풀어갔다. 정신을 어디로 흘려보내버린 듯했다. 종일 그랬다.

돈일까, 남편일까, 또다른 무엇일까, 로 궁금했던 우리는 퇴근시간이 되자 그녀를 밥집으로 데리고 갔다. 그녀는 머뭇거리다가 마지못해 따라왔다.

"애들 기다려."

"한잔만 잡수고 가시요."

"나 술 못 먹는 거 알면서."

"요구르트라도 한잔 잡수시오."

다들 어떻게 저 비밀의 문을 열어보나, 그 시점을 노리고 있었다. 작심하고 말을 내뱉은 사람은 나였다.

"호수는 가만히 있는데 어디선가 돌이 날아오면, 파문은 돌보다는 호수한테 생기지요?"

은미 엄마는 반사적으로 나를 바라보았다. 먹혔다, 생각한 나는 일부러 침묵했다. 역시나 그녀는 나를 한번 더 바라보고는 한숨을 길게 내쉬었다.

"말 좀 해봐라, 내가 다 속이 터진다."

철이 엄마도 그냥 있지 않았다. 그녀는 멍하게 탁자를 내려보다가 충동적으로 철이 엄마 잔을 들어 한잔 마셨다.

처녀 시절 은미 엄마는 마을 청년과 사랑에 빠졌다. 밤마다 연애 바위 뒤에서 만났으며 앞으로 어떻게 해주겠다는 다짐도 날마다 듣고 언제 김밥 싸서 바닷가로 노래미 낚시 가자고 손가락도 매일 걸었다. 사랑은 소문이 나기 마련이고 소문은 집안을 발칵 뒤집어놨다.

이유는 집안 어른들이 탐탁지 않게 생각했기 때문. 청년은 뒷주머니에 손 꽂고 좌우 30도씩 몸 흔들며 걷는, 학교나 기술, 근면, 이런 단어와는 멀찍이 거리를 두고 사는 논두렁 건달이었던 것이다. 동갑이라는 것도 걸림돌이었다. 호통도 당하고 울고불고하는 시간이 지난 다음 그녀는 어른들 손에 의해 여수로 시집을 왔다. 살아보니 남편이 정이 있어 살 만했다. 밭일 대신 수산물 처리로 팔자가 바뀌었지만 말이다.

사귀던 청년이 하루도 거르지 않고 술 마시고 운다는 소식이 한동안 들려왔다. 거기는 거기대로 나름의 인생을 살겠지 싶어 못 들은 척했다. 세월이 갔고 영영 남남이 되었다. 그러다가 십 년 만에 그 사내가 찾아온 게 전날 오후였다. 전화가 울려 받아보니 그 사람이었다. 귀찮게 안 할 테니까 딱 한 번만.

　그녀는 나갔다.

　사내는 택시를 몰고 왔다. 객지 돌아다니다가 뒤늦게 고향에 돌아와 택시기사가 되었는데 그동안 고생을 했는지 얼굴이 좀 상해 있기는 했단다. 사내는 그때까지 홀몸이었다. 그 사람은 횟집으로 가서 노래미회 大를 시켰다. 밑반찬 가득한 상이 나왔다.

　"아니, 카페도 있고 다방도 많은데 뭐한다고 횟집을."

　나는 땅을 치는 심정으로 한마디했다.

　보통 횟집은 회보다는 밑반찬이 유명세를 좌우한다. 여수의 식당은 많이 차려주기로 이름난 곳이 많다. 하지만 십 년 만에 만난 비련의 남녀가 딴 일로 배가 불렀으면 불렀지, 배부르게 먹으러 갈 정황은 아니지 않은가. 그녀는 답했다.

　"글쎄 말이요. 같이 노래미 낚으러 가자 해놓고서 한 번도 못 가본 게 두고두고 마음에 걸렸다요…… 회를 가리키면서 좀 먹어보소, 얼른 먹으시요, 이 말만 서로 하고."

　"……"

　"내가 가난해서 갔지? 그랬지? 이 소리만 하면서 울더라구. 결국 그 사람만 소주 한 병 마시고 밥상 위에 젓가락 한번 못 대보고 그냥 나왔소."

　은미 엄마는 축축해진 목소리로 말끝을 맺었다. 궁금증이 풀어진 우리는 건배를 하고 소주를 마셨다. 그녀는 망연자실 한동안 앉아 있다가 몸을 일으켰다. 일으키면서 말했다.

"가야겠구만. 여기 이러고 있으니까 자꾸 생각이 나."

철이 엄마가 말을 받았다.

"그렇게 헤어졌으니 생각이 날 만도 하지."

"그게 아니야."

"아니면?"

"노래미회가."

"……"

"먹고 올 것 그랬나?"

파리 날개 같은 두 귀가 머리에 붙어 있다, 고 해서 이어耳魚라고 하셨겠지만 아주 큰 것이라야 알 수 있을 정도이다. 맛도 좋다. 노래미회는 맛이 찰지고 보드랍다. 씹으면 은근한 감칠맛이 돈다. 껍질이 단단해 벗겨내기도 쉬운 편이다. 매운탕용으로도 좋다. 횟집에 가격표 대신 시가가 붙어 있는 몇 안 되는 것 중 하나이다. 양식을 하지 않기 때문이다.

노래미는 가장 만만한 낚시 대상이다. 방파제나 갯바위 어디서나 낚을 수 있다. 개체수가 많고 포식성도 좋아 바다가 있으면 일단 물 확률이 가장 높다. 바위틈에서 산다는 말대로 제 집 근처에서만 논다. 대부분 사람들이 낚시 입문을 이 녀석으로 한다. 다만 비교적

| 노래미회. 육질이 쫀득쫀득하고 감칠맛이 난다.

| 노래미는 있기만 하다면 가장 낚기 쉬운 종이다.

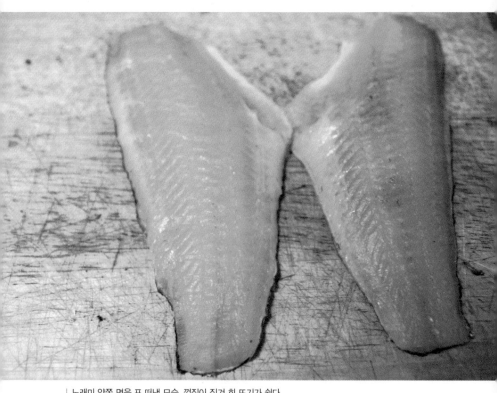
| 노래미 양쪽 면을 포 떠낸 모습. 껍질이 질겨 회 뜨기가 쉽다.

잔 놈들이 많이 잡힐 것이다. 사람 손을 안 탄 곳이거나 테트라포드 사이에서 의외로 큰 게 낚이기도 한다.

항구 앞바다에서 자그마한 목선들이 여기저기 떠 있고 어부가 손낚시를 하고 있다면 십중팔구 이것 낚고 있다. 산 채로 횟집이나 시장에 판다.

경상도 쪽에 게르치라는 게 있다. 쥐노래미를 그렇게 부른다. 진짜 게르치는 깊은 바다에서 사는 애다. 황어나 벤자리 비슷하게 생긴 녀석이다. 전 세계적으로 1속 4종밖에 없는 귀한 족보이다. 그러니까 경상도의 게르치는 방언인 것이다.

쥐노래미走老南魚에 대해서는 『자산어보』에 이렇게 나와 있다.

외모는 노래미와 흡사하나 몸색은 붉은색과 검정색이 서로 교차하면서 머리는 약간 날카롭고 뾰족하다. 머리에 귀가 있다. 살은 푸르며 몹시 비린내가 난다. 맛은 없다. 쥐노래미는 봄에, 노래미는 가을에 산란한다.

노래미는 적갈색 흑갈색 갈색이 뒤엉켜 있는데다 전반적으로 현란하고 짙은 색감을 지니는 데 반해 쥐노래미는 회색이 강하다. 낚다 보면 두 종류가 뒤섞여 문다. 다만, 큰 녀석이면 쥐노래미일 가능성이 높다.

"노래미는 노래하고 피둥이(놀래기)는 피리 불고 망치(망상어)는 망보고……"
어렸을 때 할머니가 가르쳐준 노래에서 나는 노래미를 처음 알게 되었다.

눈알 모으는
아빠

생선 눈알이 맛있다는 것은 아는 사람은 알고 모르는 사람은 통 모른다. 거문도 선배 한 사람은 가족을 경기도에 두고 있다. 아이들이 눈알을 좋아했다. 그는 생선이 생기는 족족 눈알을 살짝 기름에 볶아두었다가 가지고 올라가 아이들에게 먹였다. 덕분에 오랫동안 그의 밥상에는 눈 없는 생선이 올랐다.

나도 딸이 어렸을 때부터 눈알을 먹였다. 맛들이고부터는 생선만 보면 눈알부터 파먹었다. 여섯 살짜리가 눈알만 빼먹는 모습을 보며 손님들이 기겁을 했다. 그게 맛있느냐고 누군가 물어보자 딸아이는 대답했다. "우리 아빠가 나를 가르쳐났어요."

좀 엽기적이기는 하지만 버리는 것보다는 훨씬 낫다. 사실 모든 음식은 기본적으로 엽기적이다. 우리 밥상에 오르는 대부분이 남의 살이거나 자식이다. 쌀이 그렇고 상추가 그렇고 닭볶음탕이 그렇다. 소머리곰탕, 내장탕, 갈비탕 같은 이름은 또 어떤가. 삼겹살만 놓고 보아도 돼지우리에서 불판까지의 과정, 그러니까 이동과 도살과 세척과 칼질을 떠올려보면 엽기 아닌 부분이 없다.

선배의 아이들이나 내 딸은 안경을 쓰지 않는다. 눈알 덕분이다.

혐오스러운 음식은 따로 있다. 제주도처럼 이곳 거문도에도 애저탕이라는 게 있었다. 어미 돼지 뱃속에 있는 새끼가 재료이다. 주로 큰 수술을 받았거나 감옥살이, 고문 뒤끝을 추스를 때 쓰였다. 효과는 좋았다고 하나 요즘은 해먹지 않는다. 우선, 거문도에서는 더이상 돼지를 키우지 않는다. 그리고 그것을 대신할 좋은 약과 음식재료들이 널렸다.

흔한 생선 중에 망상어가 있다. 붕어 비슷하게 생겼다. 이 녀석은 볼락처럼 태생이다. 암수컷이 생식기를 맞대고 교미를 한 다음 어미가 뱃속에서 새끼를 키운다. 봄철 망상어 암컷을 잡으면 임신부처럼 배가 불룩하다. 꼬물꼬물한 새끼들이 잔뜩 들어 있는 것이다.

예전에는 이 새끼들을 가지고 물회를 해서 먹었다. 나도 멋모르고 먹곤 했다. 요즘은 주민들도 먹지 않는다. 어쩌다 만들어놓은 것을 보아도 맘이 편치 않다. 거기에 비해 생선알은 모두에게 인기가 좋다. 맛있고 영양가도 높아 거리낌없이 먹어진다. 수태 이전이냐 이후냐보다는 그 작고 여린 것이 꼬물거리는 게 마음에 걸리기 때문이다.

편어 扁魚

병어

맨 처음으로
돌아오는 맛

외모가 마름모꼴이라서 몸 길이와 높이가 비슷하다.
머리는 작고 꼬리가 짧다. 입도 매우 작다.
뼈가 연해서 횟감으로 좋다. 구이를 하거나 국으로 끓여도 맛있다.
후한後漢 마융·전주馬融傳注에 의하면 한중漢中의 편어는 맛이 매우 좋은 탓에
사람들에게 잡는 것을 금지하며 뗏목으로 물을 막았다고 했다.

여수시 연등천에는 지금도 포장마차 골목이 있다. 낮에는 시장이,
밤에는 포장마차가 선다. 시끌벅적 시장이 마무리되면 천변에 붉은
불빛 하나둘 생겨난다. 회사나 도서관, 배에서 하루를 마친 이들이
하나둘 모여들며 새로운 활기를 만들어간다. 그래서 그곳엔 즐거움
과 고독과 울분이 늘 뒤섞여 있다.

　오래전.

　나는 영업부 단합대회하고 있는 5번 집, 대학생들이 담당교수를
씹고 있는 19번 집, 해광호 선원들이 네 말이 맞다, 틀리다, 떠들고
있는 33번 집, 남편은 오늘도 어느 술집에 앉아 있을까, 주인아주머
니 고민하고 있는 37번 집, 중늙은이들 화투 치러 가기 전 한잔하

고 있는 46번 집을 지나 우산을 접으며 51번 집에 들어섰다. 그곳에는 나를 불러낸 친구와 그의 연인이 앉아 있었다.

둘은 만난 지 한 달 정도 되었는데 나를 불러낸 이유가 죽였다. 첫 키스를 했다는 것이다. 비는 주룩주룩 내리고 연애를 막 시작한 둘은 행복해 보였다. 인생에서 가장 아름다울 때였다. 내가 바라보자 아가씨는 부끄러운 표정으로 배시시 웃었다.

"한잔하지."

"아, 해야지. 안주는 뭐로 할까."

"아가씨가 먹고 싶은 것으로 골라봐요."

"우리 병어회 먹어요."

"거 좋죠."

항구 포장마차의 매력은 선어회가 있다는 것이다. 선어회는 신선한 생선을 가지고 만드는 회이다. 대신 활어회는 없다. 활어회는 의심 많은 우리나라 사람들이 만들었다고 한다. 주인을 믿을 수가 없어, 살아 있는 놈을 눈앞에서 잡아야 직성이 풀리는 것이다. 하지만 회는 여덟 시간 정도 지난 것이 가장 맛좋다. 죽음의 시간이 주는 맛이다.

병어는 신선도가 눈에 잘 보인다. 푸른색 도는 은빛이 풍부하고 맑을수록 싱싱하다. 내장도 아주 작아 손질하기가 쉽다. 조림을 많이 해먹는데 으뜸은 회이다. 병어회는 뼈째, 세로로 어슷하게 썬다. 뼈가 연하고 고소해 함께 먹는다. 흰살생선에서 이렇게 고소한 맛

| 병어. 푸른색 도는 은빛이 풍부하고 맑을수록 싱싱하다.

이 나는 경우는 드물다.

　고추장이나 고추냉이보다는 양념된장이 더 어울린다. 여수에선 된장빵이라 한다. 전어나 병어처럼 단맛이 나는 살은 된장이 더 어울린다. 묵은 김치에 싸먹기도 한다.

　비 내리는 포장마차. 사랑에 빠진 남녀. 병어회. 이보다 더 완벽한 조합은 없다. 친구는 세상을 통째로 얻은 듯했고 아가씨는 흐뭇한 얼굴이었다. 둘은 수시로 어깨를 치고 그것보다 더 자주 손을 잡았다. 볼에다가 슬쩍 입을 맞추기도 했다. 별로 할 게 없던 나는 최백호 노래를 불렀다.

　두 사람은 손 흔들며 빗속으로 걸어갔다. 너무 딱 붙어 마치 한

| 병어회는 양념된장에 찍어먹어야 제 맛이다. 급하면 슈퍼에서 파는 쌈장이 대용품이다.

사람이 가는 것 같았다. 보기 좋기도 하고 부럽기도 해서 멀어지는
둘을 나는 오래도록 바라보았다. 이제 미래만이 그들 앞에 있을 것
이다. 양가 인사와 신혼여행과 출산과 아이 백일사진 같은 것.

그러다 나는 다시 세상을 돌아다니게 되었다. 경상도 쪽 건설 현
장에 있다가 반년 만에 돌아온 나는 다방에서 친구와 만났다. 아가
씨와는 잘되어가느냐고 묻자 그는 머뭇거렸다. 커피 한 잔을 다 마
시고 담배도 두 대나 피우고 난 다음에야, 여자가 느닷없이 이별을
통고하고 가버렸다고 대답했다.

헤어진 이유는 딱히 기억에 없다. 아마 주변에서 흔히 나오는 그
런 이유를 여자 쪽에서 댔을 것이다. 성격이나 문화 차이 같은 거.

| 여수 포장마차의 병어회. 여러 가지 밑반찬이 같이 올라온다. 지금도 있다.

그리고 부모의 반대나 근사한 남자의 돌발적인 출현, 뭐 그런 것도 배경으로 자리하고 있었을 것이다. 친구는 최소한, 가난했다.

그의 허탈은 무겁고 깊었다. 그날처럼 비가 왔다. 우리는 걷다가 빗줄기가 거세어지자 51번 포장마차로 들어섰다.

"뭐에다가 한잔할까?"

내가 고개 들어 장어나 낙지 따위를 고르고 있는데 주인아주머니가 말했다.

"삼춘, 병어 잡서. 오늘 들어와 물이 좋아."

아주머니 말대로 병어 몇 마리가 반짝거리며 누워 있었다. 나와 친구는 잠시 눈빛을 교환했다. 다시 병어회. 비 내리는 포장마차. 실연당한 친구. 완벽한 조합이었다.

| 거문항은 저녁에도 밤낚시 나가는 배로 북적인다.
거문도는 이렇게 마을과 마을이 서로 마주보고 있는 구조이다.

항구에서
기력을 얻다

내륙에서 지내다가 항구로 내려오면 몸이 지쳐 있곤 했다. 주로 공사판과 좁아터지는 숙소를 전전하기도 했거니와 객지생활이라는 게 고단할 수밖에 없는 것이다. 벌어서 다녀야 했던 학교생활도 그랬다. 이십대 후반, 이삿짐센터 다닐 때였다. 항구의 음식이 너무 생각나서 소증이 일었다. 함바집 밥 아니면 라면으로 살았으니 뭐.

병아리라도 쫓아다니면 좀 낫다는 게 소증이지만 장어탕이나 병어회 같은 것은 그럴 수도 없는 일. 사먹을 곳도 없어 여러 날 증세가 이어졌는데 결국 600원짜리 정어리통조림 비린 맛으로 그럭저럭 때웠다. 그런데 같이 그것을 먹었던 후배는 그날 저녁 양치를 여섯 번이나 하고도 잠을 못 잤단다.

그러다가 항구에 오면 기갈 들린 사람처럼 병어회를 씹고 장어탕을 퍼먹었다. 일 년 내내 나는 장어에 비해 병어는 늦봄부터 여름까지가 제철이지만 다른 시기에도 몇 마리씩은 잡히기 때문에 가능했다. 씹다보면 무언가가 통째 몸속으로 들어오는 기분이 든다. 객지에서의 결핍이 보충되면서 다시금 출발할 수 있는 기운이 생기곤 했다.

병어와 닮은 것으로 덕대라는 생선이 있다. 덕대는 가슴지느러미 위 물결무늬가 분명하지 않다. 하지만 구분하는 거 별 의미 없다. 모양도 같고 맛도 같고 잡는 방식도 같기 때문이다. 이 녀석들은 젓새우 잡는 닻자망이라는 어법으로 주로 잡는다. 유월 산란철에 병어가 새우를 따라 가까이 오기 때문이다. 닻자망은 하루 네 번 그물을 걷어올리므로 아주 고되다. 거기서 나온 말이 '쎄 빠질 일에 토막잠'이다.

비어 飛魚

날치

순간 비상하는 것이
지상에 남겨놓은 맛

가슴과 배 지느러미가 날개 모양으로 발달했다.
이것을 이용해서 날기 때문에 날치라고 한다. 수십 보는 충분히 난다.
맛은 좋지 않다. 망종芒種 때 바닷가에 모여 산란한다.
어부들이 밤에 그물을 치고 불 밝혀두면 떼를 지어 날아와서 걸린다.

여섯 살이나 일곱 살 정도 때였을 것이다.

나는 축항 끝에 혼자 서 있었다. 무슨 이유인지 종종 그랬다. 축항은 현대적 개념의 방파제가 나오기 전, 오로지 사람들의 힘으로만 만들어놓은 방파제이다. 좁고 낮았기에 그것은 마치 바다로 향한 길 같았다. 비가 온 다음인지, 곧 오려고 했는지 기억나지 않지만 층층 먹장구름을 통과하느라 햇살은 검푸르게 물들어 있었다.

막 걸음을 돌리려는데 무언가가 수면에서 뛰어올라 날아가는 것이 있었다. 양쪽으로 기다란 날개가 있었다. 어린 내가 알고 있기에도 새는 하늘에, 개는 땅에, 물고기는 물속에서 사는 거였다. 충격을 받은 나는 어른들에게 말했다.

| 비행중인 날치. 이 녀석들은 어쩌자고 이렇게 창공을 꿈꾸게 되었을까.

"새가 바다에서 나왔어요."

"오리 봤구나."

"오리 아니에요. 이렇게 날아갔어요. 새가 왜 물속에서 살아요?"

나는 새 날아가는 흉내를 냈다.

"아, 날치 봤구나."

"날치요? 그것이 새죠?"

"아니, 물고기다."

"아니에요. 새예요."

그때부터 한동안 바다에서 날아오르는 새의 꿈을 꾸었다. 거대한 독수리 같은 게 수면을 박차고 나와 하늘 저편으로 날아가기도 하고 우아하게 생긴 학 같은 게 바닷물 뚝뚝 흘리며 나를 빤히 바라보기도 했다.

그런 꿈을 꾸고 난 아침에는 맥이 빠져 움직일 수가 없었다. 나에게만 절대 가르쳐주지 않는 비밀이 있는 것 같아 공연히 서러웠다. 혼자 담벼락에 기대어 선 채, 새는 원래 물고기이며 물고기는 모두 새이지 않을까, 희한한 추측을 하기도 했다.

그즈음 산갈치의 전설을 주워들어서 더욱 그랬다.

어른들 말에 의하면 산갈치라는 게 있단다. 있기만 하면 뭐가 문제인가. 그들에 의하면 산갈치는 보름은 바닷속에서 살고 보름은 산속에서 산다는 것이다. 어떤 노인은 그믐날 밤에 고개 넘어오다

| 이애들은 물과 허공의 경계인 수면에 이렇게 자신의 흔적을 새긴다.

가 은빛 찬란하고 기다란 게 소나무숲 사이를 날아다니고 있는 것을 보았단다. 저것만 잡으면 팔자 고친다, 싶어 열심히 쫓아다녔는데 결국 못 잡고 말았다며 말할 때마다 땅을 쳤다. 그게 산갈치랬다. 그 이야기를 들은 나는 혼자 말했다. 거봐, 물고기가 새이고 새가 물고기이지.

날치를 다시 본 게 몇 달 뒤였다.

어선을 타고 맞은편 섬으로 가고 있는데 수면이 부르르 떨리는가 싶더니 그것들이 솟구쳐나오기 시작했다. 한두 마리가 아니었다. 열 마리, 백 마리, 그러다가 수백 마리가 날아올랐다. 구닥다리 낡은 어선은 순간 거대한 새떼를 만난 비행선이 되어버렸다. 처음 보는 장관에 나는 탄성을 질렀다.

녀석들은 모두 눈이 선명하고 꼬리에도 자그마한 날개가 있었다. 부딪힐 것 같으면 옆으로 회전을 하기도 했다. 나는 그애들이 날기 시작한 게 나 때문이라고 생각했다. 비로소 비밀이 풀릴 때가 된 것이다. 그러기에 어떤 사내가 뜰채로 잡으려 했을 때 속으로 웃었다.

'잡힐 게 아니에요, 아저씨. 그애들은 나를 마중하러 나온 거예요.'

그러고 있는데 한 마리가 갑판에 뚝 떨어져서 파닥거렸다. 뜰채에 잡힌 녀석들도 그러했다. 하는 짓이 물고기였다.

여러 날 뒤 그 배 주인집을 우연히 가게 되었다. 날개도 없어진 채 푹 익은 고깃덩어리로 변한 그것들이 그 집 밥상 위에 있었다. 배신감에 휩싸인 나는 아무 말도 못했다.

손암 선생께서 고기는 맛이 좋지 않다, 하셨다. 맞는 말씀이다. 선생께서 맛이 없다고 하는 것들도 나름대로 고유의 맛을 가지고 있는데 날치만큼은 말씀대로 영 말씀이 아니다. (하지만 횟집이나 일식집에서 나오는 날치알은 인기가 좋다. 가미가 되어 있고 수입 열빙어 알이 섞여 있기도 하지만).

이 녀석들은 툭하면 수면을 박차고 비상하는 버릇 탓에 예전 서양에서는 아주 못된 놈으로 여겼다 한다. 어린 주제에 턱 밑에 수염이 달려 있어서, 태어남과 동시에 몹시도 버르장머리 없어지기 때문인데 그러기 때문에 적이 많아 늘 도망을 친다는 것이다.

물론 날치가 나는 이유는 무엇에 놀랐거나 포식자가 나타났기 때문이다. 가장 멀리 갈 때는 3~400미터까지 날기도 한다. 멀리 날기 위해 소화 잘 되는 플랑크톤을 먹고 빨리 소화하고 빨리 싸는 형태로 진화했다. 그래서 장이 매우 짧다.

우리나라나 서양에서는 인기가 없어도 중국에서는 임산부의 고기라 하여 난산일 경우를 대비해 출산 예정 달에 날치 살을 태워 술과 함께 먹었다고 한다. 일본에서도 구워먹거나 말려먹는 것 외에 (일본 사람이 좋아하지 않는 생선이 어디 있을까만) 산모 젖을 잘 나오게 하는 약재로 쓰였단다.

그토록 흔했던 게 요즘은 도통 보이지 않는다. 어판장에서도 보기 어렵고 어선을 타고 나가봐도 구경하기가 쉽지 않다. 이제 그만 날기로 마음먹었는지, 아니면 비상의 능력이 더욱 진화하여 저 높은 곳으로 올라가버렸는지 알 길이 없다.

그러다가 그들을 한꺼번에 만나게 된 게 몇 년 전 현대상선 컨테이너선을 타고 간 인도양에서였다. 대양은 한없이 넓어 배는 가고 가고 또 간 다음 더 갔다. 넓은 바다는 역시나 사는 것들도 체급이 달랐다. 돌고래떼가 공중 2회전을 하며 멀어지자 혹등고래가 물을 뿜으며 느릿느릿 지나갔다.

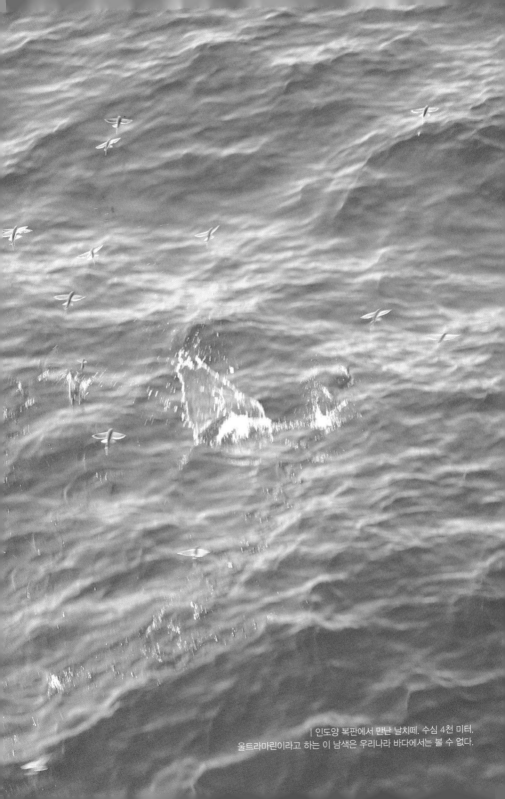

| 인도양 복판에서 만난 날치떼. 수심 4천 미터.
울트라마린이라고 하는 이 남색은 우리나라 바다에서는 볼 수 없다.

| 부력을 얻기 위해 꼬리지느러미로 수면을 박차고 있는 날치.

    우연히 선수로 간 나는 푸른 수면 위에서 은색 점이 마구 찍히는 것을 발견했다. 마치 물수제비를 뜨는 것 같은 그것은 날치가 부력을 얻기 위해 꼬리날개로 수면을 박차는 모습이었다. 배가 지나가자 놀란 녀석들이 부리나케 솟구쳐올랐던 것이다. 옆으로 휘며 곧바로 처박힌 놈들도 있었지만 어떤 녀석들은 한참 동안 날렵하고 우아한 비행을 했다. 햇살에 은색 날개가 번쩍였다.

    나는 감회에 젖어 오래도록 그 자리에 서 있었다. 녀석들은 여전히 수면 아래의 영역에 만족 못하고 경계 너머를 꿈꾸고 있었다.

산갈치

우리나라를 비롯한 일본, 대서양, 태평양, 인도양 등에서 사는 심해성 어류. 이악어목 산갈칫과로 은색 바탕에 검은색 무늬가 있다. 색깔이 아름다워 학명이 '황제의 허리띠Regalecus russellii'이다. 밤하늘 별이 내려와 이것으로 변했다는 설처럼 바다에서 올라와 산에서 보름 동안 산다는 것도 전설일 뿐이지만, 혹시 그런 녀석이 있다면 얼마나 매력적이겠는가.

해태 *海苔*

김

눈으로
먼저 먹는 맛

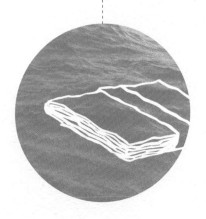

뿌리가 돌에 붙어 있으며 가지가 없고 푸른 빛깔이다.
본초에서는 건태乾苔에 대한 기록이 보인다.
이시진은 장발張勃의 『오록吳錄』을 인용하여 기록하기를
붉은 강리江籬녀는 바닷물 속에서 생기는데
색이 푸르고 줄기는 산발한 머리를 닮았다고 한다.
이는 모두 김을 가리킨다.

요즘도 김을 해태라 칭한다. 그래서 인용했지만 본문 뒤편에 나오는
자채紫菜("뿌리가 돌에 붙어 있다. 가지는 없다. 검붉은 보라 빛깔로 맛이
달다")가 설명으로는 김에 더 가깝다.

김은 본격적인 양식 이전에는 갯바위에서 뜯어왔다. 뜯기도 했지
만 긁어왔다는 게 옳은 표현이다. 긁으면 더 많이 채취할 수 있기
때문. 이러면 이거, 말 그대로 자연산 돌김이다.

사리가 되어 바닷물 가라앉으면 그동안 잠겨 있던 부분이 햇살
아래로 몸을 드러낸다. 온갖 해초가 달라붙어 있어 마치 섬의 테두
리를 굵은 고딕선으로 칠해놓은 것만 같다. 덕분에 영등사리에는
섬의 영토가 가장 넓어진다.

│ 갯바위에 붙어 있는 생김. 바위가 평평하면 긁을 수 있지만
그렇지 않으면 일일이 손으로 뜯어야 했다.

| 자연산 돌김은 이렇게 세상에 나온다. 보기에는 쉽지만 이거, 고된 겨울철 일이다.

내 어렸을 때는 많이들 하러 다녔다. 어린이 늙은이 구분 없이 바위에서 달라붙어 벅벅 긁어댔다. 전복 껍데기를 주로 썼는데 워낙양이 적어 몇 시간 동안 해도 소쿠리 반도 안 찼다. 그러다가 획기적인 도구가 등장했다. 바로 구두약 뚜껑. 전복 껍데기처럼 부스러기가 생기지 않고 손에 쥐기도 편했다. 떨어뜨려도 찾기 쉬웠다.

나는 할머니를 따라다녔다. 해녀였던 할머니는 물질을 가면 후이후이 숨비소리를, 김 긁으러 가면 끙끙 앓는 소리를 냈다. 내가 긁어놓은 것에는 이런저런 파래가 섞여 들어갔으나 할머니가 해놓은것은 검붉은 광택만 반짝거렸다.

집으로 돌아오면 잡물을 추려내 씻어낸다. 물 담은 함지박에 발을 띄우고 네모난 나무틀을 그 위에 놓는다. 한 종지 정도 김을 틀에 넣고 손으로 편다. 틀을 들어낸 다음 발을 들어올린다. 그러면반듯한 김 한 장이 만들어진다. 감탄도, 그것을 받아다가 돌담에60도 각도로 세우는 것도 내 몫이었다.

그날은 김국을 먹을 수 있었다.

김국은 미세한 기름이 뜨기 때문에 팔팔 끓여놓아도 수증기가 나지 않는다. 멋모르고 먹었다가 입천장 데기 딱 좋다. 반갑지 않은 손님, 이를테면 손버릇 나쁜 사위가 찾아오면 이것을 끓여주기도 했단다.

생김이 없으면 질 좋은 마른 것으로 하는데 육고기나 해물을 식성대로 넣고 끓이면 된다. 여름에는 냉국이 좋다. 김을 구운 다음 잘게 부순다. 한 사람당 서너 장이면 충분하다. 차갑게 식혀놓은 육수에 김을 넣고 저은 다음 깨를 얹으면 끝. 고명을 따로 만들면 더 좋고.

급하면 슈퍼에서 파는 냉면 육수를 쓴다. 그마저도 여의치 않을 때는 얼음물에다가 간장으로 간한다. 조미료를 살짝 넣는다. 내가 요리할 때 유일하게 조미료를 쓰는 경우가 이 음식이다. 싫으면 물론 안 넣어도 된다.

그렇게 돌담에 세워놓은 김은 이삼일이면 바짝 말랐다. 조심스럽게 떼어내어 50장씩만 묶어놓아도 아주 두툼했다. 자연산 돌김의 진가를 알려면 막 지은 뜨거운 쌀밥과 차갑게 식힌 콩나물국이 필요하다. 뜨거운 밥을 김으로 둥글게 싼 다음 차가운 콩나물국에 적셔 먹는다. 뜨거움과 차가움이 대류작용을 하듯 차이를 두며 뒤섞이는데 그 접점에서 고소한 맛이 풍겨나온다.

| 할머니가 김발을 맞추면 이렇게 돌담에 줄 맞추어 널어놓는 것은 내 일이었다. 얼추 마르면 지나가는 사람이 귀퉁이를 찢어 입에 넣고 가기도 했다.

요즘은 자연산 돌김 보기가 하늘의 별 따기이다. 시중에 나온 돌김도 종자를 이용한 양식 김이다. 일반 김보다는 돌김 맛이 나긴 한다. 그나마 잘 골라 사야 한다. 자연산 돌김 상표 번듯한 것 중에도 일반 양식 김인 경우가 간혹 있다.

혹, 외진 섬을 여행하다가 김발 줄줄이 세워놓은 게 보이면 무조건 주인을 찾는다. 김발 세워났다면 멀리 가지 않았을 것이고 완제품이 있을 확률이 높다. 깎지 말자. 만드는 과정을 보았다면 눈물난다.

음력 2월까지가 제철이라 겨울 갯바위에 잔뜩 붙어 있지만 요즘은 채취하는 사람이 없다. 대신, 일전에 전라남도 관광진흥과 주선으로 서남해안을 돌 때 만재도에서 모처럼 그 풍경을 보았다. 역시나 자식들 모두 육지 내보내고 홀로 사는 할머니가 계셨고 마을에서 혼자 그 일을 하고 있었다.

그 할머니 돌김은 그날 모두 팔렸다. 50장에 5천 원. 내 할머니처럼 그분도 답례로 울긋불긋한 사탕을 내놓으셨다. 나는 두 톳을 샀는데 연극평론가 안치운씨가 빈손인 걸 보고 하나 주고 하나만 들고 왔다. 숨겨놓고 혼자 먹었다.

본문에 나오는 강리는 일명 꼬시래기이다. 김과는 다르다. 종종 다이어트 식품으로 소개되고 있는 홍조식물 꼬시래깃과의 해조이다.

김밥은
누가 처음 만들었을까?

김은 한해성 해조류이다. 추운 삼
동이 제철이고 날이 따뜻하면
질이 떨어진다. 초기 양식은
갯벌에 얼기설기 엮은 대나무
발을 꽂아두고 거기에 붙은
김을 훑어내는 정도였다. 육지
에 농번기가 있었던 것처럼 바
닷가에도 그런 것이 있었다. 예전 해
남이나 완도 등지에서 김철에 맞춰 어번기漁繁期 방학이 있었던 것
이다.

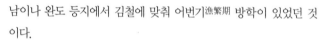

주기적으로 햇빛을 봐야만 김도 건강하고 맛이 좋다. 예전 지주
식 양식할 때는 들물 날물 때문에 저절로 그렇게 되었다. 요즘 양
식은 뜬그물발식이다. 물이 나면 드러나도록 높이를 맞춘다. 김 양
식은 좋은 갯벌이 있어야 한다.

지금은 제철소 때문에 없어졌지만 예전에는 유명한 김 생산지
중 하나가 광양이었다. 그곳에서 내려오는 말에 의하면 한 300년
전 태인도에 김여익이라는 사람이 살았단다. 하루는 바닷가 나뭇
가지에서 자라는 검은 해초를 발견하여 구워먹어봤다. 맛이 기막
혔다. 그뒤로 그것을 채취해서 팔았는데 그 사람의 성을 따서 김이
라고 했다는 것이다.

하지만 그 사람만 처음 먹어봤을까? 인류 생긴 이래로 한 20년
전까지는 먹을 수만 있으면 무조건 씹어 삼켜놓고 보는 세월을 살
아왔는데 말이다.

　김밥도 처음에는 만두처럼 동그랗게 쌌을 것이다. 원래 만두가 그렇게 생겼지 않았나. 길 떠날 때 곡식 빻은 가루를 물에 개고 이 것저것 반찬을 집어넣어 보자기처럼 쌌던 게 발전한 것이다.

　나는 원통형 김밥을 맨 처음 고안해낸 사람이 궁금하다. 길게 싸 서 칼로 잘라놓았을 때 그 사람은 스스로 감탄했을 것이다. 나중 이렇게 전국에서 먹는 음식이 될거라 생각했는지는 모르겠지만.

노어鱸魚

농어

나 먹었다,
자랑하는 맛

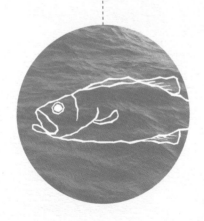

몸이 둥글고 길다. 살찐 놈은 머리가 작고 입이 크고 비늘이 잘다.
검은 점이 있으며 등은 검푸르다. 맛이 좋고 담백하다.
4~5월 초에 나타났다가 동지가 지난 뒤에 사라진다.
성질이 담수를 좋아한다.

4년 전 9월.

나는 이 섬으로 다시 돌아왔다. 산 중턱 빈집을 얻어 들었다. 이 삿짐을 부리고 나서 가장 먼저 하고 싶은 것은 바닷가를 돌아다니는 거였다. 바람 맞으며 걷다보면 마음도 차분해지고 맑아진다. 좁은 곳은 더 자주 걷게 된다. 어린 왕자처럼.

섬은 산책과 낚시를 동시에 할 수 있는 이점이 있다. 첫날 새벽, 산책을 나서면서 나는 루어대를 집어들었다. 산책 장소는 해수욕장. 농어는 봄철부터 물기 시작해서 한여름이 절정이다. 새벽이나 저물녘에 잘 문다. 해안에 바짝 붙는 습성도 있다.

슬슬 해수욕장 걸어다니며 나는 캐스팅을 했다. 이 여유로운 시간이 스스로 좋아 웃기도 했다. 깔다구(어린 농어)라도 한두 마리 낚으면 아침 밥상부터 화려해질 판이었다. 일은 그때 일어났다. 결론부터 말하자면 농어가 문 것이다.

십 분 정도 지났을 때 확 잡아당기는 놈이 있었다. 드래그를 풀며 치고 나가는 힘이 보통이 아니었다. 밀고 당기고 하다가 순간 녀석은 물 위로 몸을 솟구쳤다. 이른바 바늘털이를 하는 것이다. 언뜻 봐도 7~80센티미터급(이 정도 크기는 따오기라고 부르기도 한다).

이렇게 말하지만, 이럴 때 사실 아무 생각 안 난다. 낚시는 물었을 때와 물지 않았을 때, 두 가지의 인간이 만들어진다. 낚아내던 순간을 떠올려보면 백지장처럼 하얗게 기억이 없다. 생각은 사라지고 몸만 작용을 하는 것이다. 오로지, 도망치려는 물고기와 잡아올리려는 사람 사이 힘의 기우뚱한 균형, 줄이 터지기 직전까지만 허용하며 녀석을 지치게 하는 긴장의 순간들만 이어진다. 낚시에 빠진 동료작가 한 명은 이 순간을 오르가슴과 같다고 표현했다.

그리고, 툭.

채비가 터졌다. 세상에 줄 끊어진 낚싯대처럼 허무한 게 또 있을까. 낚시해본 사람은 알 것이다. 몸에서 피가 쭈욱 빠져나가고 하늘이 노래지는 기분을. 집안이 망하는 것보다 더 크고 깊은 절망을.

그래도 일단은 농어가 있다는 소리 아닌가. 나는 바닥까지 꺼진 몸과 마음을 일으켜세워 새 루어를 달았다. 하지만 귀향 기념 선물로 바다는 한번 더 나를 약올려주기로 마음을 먹었던 모양이다. 비

숫한 크기가 다시 물었고 녀석을 제압하려고 이를 악물었지만 또 줄이 터지고 말았다.

가벼운 채비가 화근이었다. 울 것 같은 기분으로 달려가 튼튼한 채비를 가지고 왔으나 그뒤로는 입질이 없었다. 물이 빠지면서 녀석들도 물러난 것이다. 산책이고 나발이고 나는 탈진한 몸으로 돌아왔고 땅바닥을 치고 또 쳤다. 천 길 나락으로 꺼진 기분은 좀처럼 회복되지 않았다. 아ㅡ, 하ㅡ. 비탄의 감탄사만 한 200번쯤 뱉어냈을 것이다. 탄식하는 내 모습을 보며 할머니는 혀를 끌끌 차셨다.

"야속한 고기야. 야속하기도 야속하다. 그치만 어쩌겠냐, 물에서 놔주지를 않으니."

그때부터 찢어진 보물지도 주운 아이처럼 공연히 바빠지기 시작했다. 눈만 감으면 농어가 나타나서 혀를 쑥 내밀고는 휙 돌아 사라졌다. 나는 신음소리를 내며 낚싯대를 쥐고 길을 나섰다. 농어가 나올 만한 곳은 아침저녁 문안 가듯 착실히 찾아가 낚시를 던졌다.

5일간 그랬다. 나중에는 어깨가 빠져나갈 것 같았다. 그동안 단 한 번의 입질도 받지 못했다. 이 녀석들 아니었으면 잘 알고 있는 포인트 찾아다니며 우럭이나 뱅에돔 따위를 착실히 낚았을 것이다. 참돔도 물 때였다.

어느 정도 시간이 지나서야 서운함 가라앉고 다른 것에도 손을 뻗을 수 있었으니 세상사 무엇 하나 쉽게 내 손에 들어오지 못한다는 것을 다시 한번 저리게 느끼는 순간이었다. 혹독한 신고식이었다.

│ 농어 루어낚시하고 있는 후배. 맞은편 섬에 거문도 등대가 있다.

| 여름철 손님인 농어. 루어로 낚았다. 물론 글에 나오는 그 녀석들은 아니다. 그놈들은 훨씬 컸다.

농어는 보통 루어로 낚는다. 가짜 먹잇감에 바늘이 달려 있는 것이다. 요즘 인기가 좋아 낚시점마다 여러 종류의 루어가 많다. 낚시 채널을 보면 미노우니 크랭크베이트니 지그헤드 그럽웜이니 하는 까다로운 단어들이 나오는데 사실 어려울 것 없다. (어렵게 말한다는 점에서 의사와 법률가, 낚시꾼은 닮은 데가 있다. 자기들끼리 전문가 집단을 구성, 유지하여 정보를 독점하고 싶은 심리로 보인다.)

루어는 간단하게 말해 물 위에 뜨는 것과 무거운 것이 있다. 종류별로 두어 개 가지고 하면 된다. 다른 채비에 비해 간편하다. 갯바위에서 하기도 하고 배에서 하기도 한다. 하지만 루어, 이거 일이다. 지깅 낚시(금속루어인 지그로 하는 낚시. 주로 배 위에서 한다. 끊임없이 액션을 주며 부시리 같은 크고 공격성이 강한 어종을 낚는다) 다음으로 체력 소모가 심하다.

물론, 농어가 물면 피곤한 줄도 모른다. 낚시의 두 가지 인간은 이 경우에도 통한다. 안 물면 지루하고 심심하고 맥이 풀린다. 하루 종일 낚시터에 빈손으로 앉아 있는 사람은 누가 싸움을 걸어도 이길 수 있다. 하지만 고기가 물면 언제 그랬느냐는 듯 소생을 한다. 눈빛이 서고 목소리가 높아지고 심지어는 이빨도 번뜩인다. 거의 변신이다. 300년 묵은 동자삼童子蔘도 이 정도 순간 재생력을 만들어내지 못할 것이다. 체념의 공간이 활기 충전의 그것으로 변화하는 과정은 신기하기까지 하다.

어느 날 찌낚시로 잡은 농어. 회 떠서 친구들과 늦게까지 술 마셨다. 대가리와 뼈와 알은 다음날 해장용 찌개가 되었다.

한적한 해수욕장을 찾아간다면 야광찌를 준비해본다. 밤이 되고 밀물이라면 노려볼 만하다. 지렁이를 끼우고 수면 아래 1.5미터 정도 바늘이 내려오게 하여 던진다. 그게 어려우면 원투 하면 된다. 무거운 봉돌 달아 멀리 던지는 채비를 원투라고 한다. 한동안 입질이 없으면 확인 필요. 복어가 잘 따먹기 때문. 물지 않으면 간간이 하늘을 쳐다본다. 문득 별똥별이 쏟아져내릴 수도 있다.

갯바위에서 낚시하는 노인들. 그들은 평생 바다에서 먹을 것을 구해왔다.

뒷이야기

두어 달 뒤 지깅 낚시를 가서 그만한 크기의 농어를 두 마리 낚았다. 한 마리는 뱃삯으로 주고 한 마리를 가지고 할머니에게 갔다. 회를 떠먹고 남은 것은 냉동하고 내장과 뼈로 매운탕을 끓였다. 내장에서 낚싯바늘이 나왔다. 감성돔 4호 정도 되는 바늘이었다. 누군가 바늘걸이는 성공했는데 채비가 터졌던 모양이다. 하긴 이 정도 크기는 1호대(갯바위 찌낚시에서 가장 보편적으로 쓰는 낚싯대)로는 무리였을 것이다. 그 모습이 떠올라 웃고 있는데 할머니가 말했다.

"전번에 네가 놓친 그놈이구나."

바늘이 다르다고 해도 할머니는 그 녀석이 맞다고 우겼다. 그때처럼 두 마리를 낚았다는 것도 이유였다. 찌낚시와 루어낚시의 차이를 설명하기도 뭐해서 그냥 있었다. 할머니는 계속 "그때 그놈이여, 그것을 니가 다시 낚은 거여" 혼잣말을 하셨다. 심지어는 자신의 막내딸과 통화하면서도 이렇게 말했다.

"창훈이가 전번에 놓친 농어를 오늘 다시 낚어왔더라."

그렇게 믿고 싶었던 모양이다.

해대리海大鱺

붕장어

인생 안 풀릴 때
멀리 보고 먹는 맛

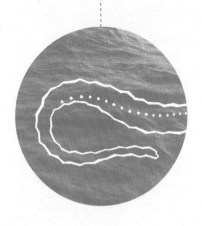

눈이 크고 배 안이 검은색이다.
맛이 좋다.

손암 선생의 설명은 달랑 이것뿐이다. 꼼꼼하신 양반이 왜 이러셨을까. 더구나 맛이 좋다, 고까지 하셨는데 말이다. 이거 이상 알 수 없으셨던 것이다. 장어의 생리는 비밀에 가깝다. 수족관 속에 음침하게 누워 있는 장어를 보고 있자면 별 다섯 개짜리 기밀을 숨기고 있는 것 같다. 그러니 양식도 할 수 없다.

충청도 서해안에서 살 때였다. 옆방에 현이네가 살았다. 현이 엄마는 대단한 미인이었다. 시내를 걸어가면 사람들이 다 뒤돌아보았다. 현이 아빠는 그렇지 못했다. 트럭 운전을 하던 그는 벌이도 시원치 않았다.

| 붕장어. 흔히 아나고라고 불린다. 장어 중에서는 흔하고 싼 편이다.

현이 엄마가 둘째를 낳자 먼 경상도 땅에서 친정어머니가 산후조리를 해주러 오셨다. 당시 현이 아빠는 일을 쉬고 있었다. 쉰다고는 하지만 내가 보기에는 일자리를 잃은 듯했다. 문제는 단칸방이라는 것. 작은 방 하나에서 세 식구 더하기 갓난아이, 더하기 할머니, 이렇게 다섯이 지내야 했다.

장모가 오는 날부터 현이 아빠는 밤낚시를 다녔다. 사위 보는 눈빛이 편치 않다는 것은 첫날부터 짐작할 수 있었다. 결혼을 반대당하자 무작정 아이부터 가졌다는 말은 그전에 들은 적이 있었다. 현이 아빠가 저녁을 먹고 나가면 모녀의 신경전이 시작되었다.

"이기 뭐꼬. 이기 사는 기라고 니 이렇게 살고 있나."

"앞으로 잘 살끼다."

"지금은 와 잘 못 사노 응? 이래 사는데 둘째는 또 와 가졌노."

"그기 맘대로 되나."

모녀는 주위 눈치를 살피며 눈시울을 찍어냈다. 어머니의 눈물이 더 진하고 오래갔다. 그녀는 한숨을 길게 내쉬며 기어이 한마디 더 했다.

"니, 지금 가도 더 잘 갈 수 있다."

"어떻게 시집을 또 가노."

아침에 현이 아빠가 잡아오는 것은 붕장어였다. 서해안은 붕장어 낚시터가 잘 발달되어 있다. 이 녀석들이 펄을 좋아하기 때문이다. 밤을 새워 낚아온 것이라 양도 적잖았다. 그는 묵묵히 장어를 손질

| 이렇게 먹는 맛에 나는 장어낚시를 다닌다.

하고 소금과 양념을 발라 구웠다. 고기반찬의 아침밥상인데 아무도 말이 없었다. 견디다 못한 현이 엄마가 입을 열었다.

"싱싱해서 더 맛있네. 엄마 좀 무봐라. 애써서 잡아왔다 아이가."

어머니는 대답을 안 했다. 산후조리 기간은 짧지 않다. 현이 아빠는 날마다 낚시를 다녔고 날마다 장어를 구웠다. 날마다 딸이 권했고 날마다 어머니는 안 먹었다. 대신 내가 얻어먹곤 했다.

그렇게 여러 날이 갔다. 끈질기게 낚고 끈질기게 권하니 한두 점 안 먹을 수 없었다. 일주일 정도 지나자 비로소 한마디 나왔다.

"맛있기는 하네."

현이 아빠가 스페어 기사로 사흘간 타지를 다녀왔다. 그가 온 날

| 장어는 뼈도 버리지 않는다. 튀겨 술안주로 한다.

현이 엄마가 말했다.

"당신 장어 낚으러 안 가냐고 엄마가 물어본다."

장어 맛이야 새삼 덧붙일 말도 없고 보양제로 쓰인다는 것 또한 설명하지 않아도 될 것이다. 뼈도 튀겨먹으니까.

어렸을 때 봤던 풍경 중에 잊지 못하는 것이 있다. 어른들이 자신의 종아리 굵기만한 붕장어를 낚아오던 모습이다. 솥에 탕을 끓이면 기다리는 사람들은 벌어진 입을 어쩔 줄 몰라 쩔쩔맸다. 장어는 끓일수록 진한 맛이 우러나기에 더욱 그랬다. 오래 끓이면 살이 풀어져 수프처럼 된다. 이가 쩍쩍 달라붙을 정도이다. 한 숟갈만 먹

| 할머니의 솥. 예전에는 장어탕을 끓였다. 지금도 산나물과 갯것해온 것을 데치는 데 쓴다. 현역이다.

어도 곧바로 기운이 뻗친다.

장어 굵은 것을 낚으려면 거문도에서는 배를 타고 등대 벼랑 너머나 백도 근처로 간다. 이모부 따라 나도 몇 번 간 적이 있다. 삼치 바늘에 스테이크 만들 정도의 고등어 살을 꿰어 던진다. 추도 아주 무거운 것을 쓴다.

참돔 밤낚시가 소박하다면 장어 밤낚시는 좀더 전투적이다. 최소한 수심 50미터는 되어야 하고 육지하고 떨어진데다가 물살도 센 곳이다. 이모부 배는 낡은데다 배터리도 오래된 것이라 불을 켜도 희미했다. 저멀리에서 쏘아온 등대 불빛이 광선 검劒처럼 휘익 머리 위로 지나가고 나면 막막한 어둠만이 주위를 둘러쌌다. 그러면 파

| 거문도 등대. 근처에 붕장어 포인트가 많다.

| 고흥군 도양읍 '태양낚시'에 있는 돗돔 박제. 2006년 7월 30일 여서도 인근에서 낚은 것으로 길이 164센티미터에 75킬로이며 쉰두 살 먹은 암컷이다.

도에 흔들리고 있는 배는 더욱 위태로워 여차하면 조난이라도 당할 분위기였다.

실제로 이모부는 안개 낀 여름밤 엔진 고장으로 표류하여 사흘 만에 제주도에 도착한 적이 있다. 제주도에 닿은 것만으로도 다행인데 운이 뻗쳤는지 일 년 전 제주로 이사 간, 같은 마을 사람 집 앞에 도착했다. 그곳에서 병원 진료 받고 기계 고치고 기름도 든든히 채워 돌아왔다. 그 집 주인의 운수는 어떻게 말해야 하는지 알 수 없지만 아무튼 그의 아내, 이모가 말했다.

"당신은 아니라고 하지만 분명히 취해서 배가 떠내려갔을 거야. 당신 술 안 끊으면 언젠가는 태평양으로 흘러가 거기 구신되고 말 거야."

이모부는 소주를 워낙 좋아하신다. 낚시하다가도 여차하면 소주병 마개를 연다. 너무 자주 여는 바람에 낚싯줄을 팔목에 감아놓고

| 여수 포장마차의 꼼장어구이. 말이 필요 없다.

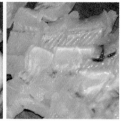

| 밤낚시 가서 잡은 붕장어. 손질해서 소금구이해 먹었다.

갑판에 벌렁 누워 잠들기도 했다. 장어가 물어 줄을 잡아당기는데 여전히 드르렁, 하고 계셔서 내가 대신 올린 적도 있다. 워낙 그런 양반이다보니 빈손으로 돌아오면 마을 사람들이 심심찮게 이런 말을 한다.

"또 취해서 자버렸구만."

하지만 그는 십몇 년 전, 1미터 50센티짜리 돗돔을 낚은 적이 있다. 돗돔인 것을 눈치채고는 칼로 닻줄을 자르고 힘이 빠질 때까지 따라다녔다. 두 시간 걸렸단다. 다행히 그날은 함께 낚시 온 이들이 있었다. 사람들이 도와주어서 가능했지 혼자서는 끌어올리지 못했을 것이다. 올리지 못할 정도가 아니라 저 태평양까지 고기한데 끌려가서 지금쯤 분명히 거기 구신되어 있을 거라고, 이모가 또 말하기도 했다.

수협 어판장을 가자 30만 원 주겠다고 했단다. 화가 난 이모부는 그 큰 것을 5센티 두께로 일일이 포를 떴다. 함께 간 일행 나눠주고 남은 것을 냉동해놓고 두고두고 혼자 먹었다. 당시 모처럼 고향 내려온 내가 인사차 찾아갔는데 하필 마지막 것을 먹고 난 다음날이었다. 그래서 나는 아직도 돗돔 맛을 못 봤다. 모두 장어 낚시 때문에 생긴 일이다.

붕장어는 해안에서는 원투 낚시로 잡을 수 있다. 밤낚시가 유리하다. 지렁이나 꼴뚜기 따위를 미끼로 쓰는데 고등어 살이 가장 낫다. 고등어 살은 펄이 잘 묻지 않는다. 한쪽 포를 뜬 다음 껍질째 직사각형으로 잘라 끼우면 된다. 이 녀석은 미끼를 물면 안전한 곳으로 들어가려는 습성이 있다. 그래서 처음에는 껀득껀득 잡아당기는 느낌이 드는데 그때 채면 후킹(바늘이 생선 입에 걸리도록 하는 것)이 잘 되지 않는다. 조금 더 기다렸다가 삼킨 다음에 채야 확률이 높다.

붕장어는 우리가 흔히 아나고라고 부르는 것이다(거문도에서는 굵은 것만 따로 붕장어라 부른다). 장어통발 배가 수시로 잡는다. 여수의 특산품 중 하나가 이 장어탕이다. 남산동에 가면 장어탕 골목이 있다. 어느 식당엘 가나 고소하고 쫄깃한 장어 맛을 볼 수 있다.

자주 접하는
장어 구분법

갯장어犬牙鱺

입은 돼지같이 길고 이빨은 개와 같다. 뼈가 세서 사람을 쉽게 물어 뜯는다. 뱀이 변한 물고기라고도 한다. 본 사람이 많다. 보통 석굴 같은 데서 무리지어 뱀으로 변한다고 하나 아직 확인해보지는 못했다.

등은 녹회색이고 배는 흰색인데 주둥이가 뾰족하고 위턱이 아래턱보다 더 튀어나와 있어 사나워 보인다. 비늘이 없다. 여름철 남해안 쪽 식당엘 가면 '하모'라고 많이들 써놓은 게 이 녀석이다. 맛도 뛰어나고 값도 비싸다. 회도 먹지만 보통 하모 유비키라는 요리로 먹는다. 유비키는 샤브샤브를 일컫는 일본 관서지방 말이다.

양파와 함께 먹으면 좋다. 이질 배앓이에 약으로 쓴다. 국가대표 선수들이 이것 즙을 먹는다고 하니 보양식으로는 최고급이다. 선원들 중에 자신의 정력을 과시하는 사람들은 모두 장어를 몹시 좋아하는 공통점이 있다.

제주도 남쪽에서 여름에 올라왔다가 다시 내려가는 것으로 알려져 있다. 보통 주낙으로 낚는다. 주낙은 일정한 간격을 두고 많은 수의 바늘을 묶는 어법이다. 바닷가에서 연안연승어업이라고 쓰여 있다면 그게 주낙을 뜻하는 소리이다.

　전어나 오징어 살을 미끼로 쓴다.

뱀장어海鰻鱺

모양은 뱀과 같으며 크기는 짧고 빛깔은 거무스름하다. 땅에서도 잘 움직인다. 뱀처럼 머리를 자르지 않으면 죽지 않는다. 맛이 달콤하며 사람 몸에 이롭다. 오랫동안 설사를 하는 사람은 이것으로 죽을 끓여 먹으면 이내 낫는다.

　일본 영화 〈우나기〉의 우나기가 뱀장어이다. 강에서 살다가 산란을 위해 바다로 내려가는 어종이다. 수심 400미터 정도에서 산란할 거라는 학자들의 추측이 있다. 위치는 필리핀 동쪽 천수백 킬로 떨어진 해저. 그곳에서 부화한 뒤에 버들잎 모양의 렙토세팔루스 유생기를 거쳐 실뱀장어 모양으로 다시 강으로 올라오기까지 대략 수천 킬로 정도. 연어와 반대이다. 이것을 잡아서 양식을 한다. 분만실을 왜 이렇게 멀리 두고 사는지는 아무도 모른다.

　보통 민물장어를 가리키는 말로 풍천장어라는 용어가 자주 나온다. 풍천은 지명이 아니라 바람이 들어오는 하천을 가리키는 일반명사이다. 이 녀석들은 날씨가 추워지면 잠시 강하구로 내려와 월동을 하는데 이때 주로 잡는다.

장어 중에서 첫손가락으로 꼽는 녀석이다. 이곳 섬에서도 옛날에는 어른들이 물웅덩이를 퍼내곤 했다. 여러 명의 사내들이 달라붙어 종일 그 일을 했다. 괜찮은 게 잡힐 때도 있고 실뱀장어 한두 마리로 끝나는 경우도 있었다. 뒤쪽의 경우, 뱀장어 있다고 장담을 했던 이는 한동안 시달림을 받아야 했다.

먹장어 海細鱺

길이는 한 자 정도 가늘기가 손가락 같으며 머리는 손가락 끝과 같다. 껍질이 미끄럽다. 포를 만들면 맛이 좋다.

이거, 아주 익숙한 녀석이다. 술집에서 인기 안주. 바로 꼼장어다. 뼈도 없는데다 생긴 게 유별나서 예전에는 벌레로 분류된 적이 있다. 하지만 이 녀석은 기생어류이다. 다른 물고기의 살을 파먹어 들어간다.

부산 쪽에 꼼장어 요릿집이 많았던 것은, 가죽을 벗겨 가공용으로 수출을 했기 때문이다. 지금은 껍질째 먹기도 하고 벗겨 먹기도 한다. 생긴 것과는 달리 오염되지 않은, 맑은 바닷속에서만 산다.

이 녀석의 점액질은 워낙 강렬하다. 점액질을 이용해 젤리 같은 것으로 몸을 싸고 있다. 밤에 장어를 낚으러 가면 간혹 이 녀석들이 올라온다. 젤리 같은 보호막 속에 생긴 것도 해괴한 게 있으니 안드로메다에서 왔다가 불시착한 외계생물처럼 보이기도 한다. 이 보호막을 떨어내는 것도 일이다. 먹고는 싶고 손대기는 귀찮고 해서 매번 갈등을 좀 한 다음에야 손질을 하게 된다.

라 螺

고둥

철수와 영희의
소꿉놀이 같은 맛

종류가 많은데다가(『자산어보』에 열세 종류가 등장한다) 딱 하나만 찍을 필요가 없어서 원문 인용을 피했다. 고등은 둥글게 말려 있는 껍데기를 가진 연체동물이다. 라螺는 소라인데 고등의 종류에 포함된다. 고등에 관한 나의 첫번째 기억은 어떤 소녀이다.

초등학교 가기 직전이었다. 무슨 일인가로 외가 큰댁에 갔다. 어른들은 모두 무언가를 하고 있고 내 또래는 없었다. 심심하게 왔다 갔다하던 나는 아랫집 마당에서 혼자 앉아 있는 소녀를 보았다. 힐끔거리고 있자니 그 아이가 말했다.

"나랑 곡석(소꿉놀이) 할래?"

나는 엉거주춤 다가갔다. 처음으로 소꿉놀이를 해본 게 그때였다. 나는 남편이, 그 아이는 아내가 되었다. 소녀는 여러 가지 고둥 껍데기를 가지고 있었다. 마당 한쪽에서 노를 젓고 그물 올리는 흉내를 내고 돌아오자 그 아이는 고둥 껍데기와 동백나무 이파리, 질경이 찧은 것으로 밥상을 차렸다. 전복 껍데기는 접시가 되어 있었다. 나는 배고픈 어른들이 그러하듯 과한 소리를 내며 먹는 시늉을 했다.

"뱃일 하고 왔으니 술도 마셔야지."

소녀는 가장 큰 껍데기를 들어 내 입에 대주었다. 나는 어부처럼 술을 마셨다.

"맛이 어때?"

"좋아. 너무 맛있어."

소녀는 빙그레 웃었다. 뒤로 묶은 꽁지머리는 반듯했고 나비 모양의 머리핀이 그 위에서 반짝거렸다. 나는 소녀가 좋아졌다.

"이제는 잘 시간이야."

우리는 상을 한쪽으로 치우고 덕석 위에 누웠다. 그 아이가 말했다.

"부부끼리는 손잡고 자는 거야."

작고 가녀린 손이 내 손아귀에 들어왔다. 부드럽고 따뜻했다. 나는 가슴이 떨렸다. 눈감고 있는 시간은 잠깐 동안이었고 그리고 다시 일어나 밥을 먹고 뱃일을 하러 나가야 했지만 그 순간이 며칠 전 맞은 주삿바늘처럼 깊게 박혔다. 결혼이라는 것을 하면 이렇게 좋은 거구나……

│ 고둥. 리본체조 선수도 이처럼 완벽한 동그란 무늬는 만들어내지 못할 것이다.

하지만 우리의 결혼생활은 오래가지 못했다. 그 아이 엄마가 부르며 무언가를 시켰기 때문이었다. 소녀는 알았다고 답을 하며 아쉬운 얼굴로 자신의 살림살이를 접었다.

"잘 가."

아이는 웃으며 손을 흔들었다. 헤어지기 싫었던 나는 말했다.

"내일 올게. 우리 내일 또 하자."

소녀가 답했다.

"우리집 내일 아침에 부산으로 이사 가."

어른들은 윷놀이할 때 고둥 껍데기를 말로 썼다. 윷놀이 말은 제 동네에서 가장 흔한 것으로 한다. 이를테면 벌교에서는 꼬막 껍데기를 쓴다. 나는 어른들이 걸이야, 모야, 하면서 말을 옮길 때마다 소녀가 생각났다. 고둥 껍데기를 가지고 갔을 텐데, 그렇다면 어디에서 누구와 소꿉놀이를 할까, 를 생각했다.

고둥 껍데기는 섬마을 예술활동의 재료로도 쓰였다.

친구 오빠는 병을 오래 앓았다. 언젠가 그의 방을 방문했을 때 그는 색색의 고둥을 나무판에 본드로 붙이며 무언가를 만들고 있었다. 하트, 배 형상, 우리나라 지도 같은 것은 이미 완성되어 벽에 붙어 있었다.

그는 작품 하나하나를 가리키며 언제 만들었고 어떤 의미가 있는가를 말했다. 사람들 사이의 충만한 사랑이, 병이 나으면 이런 배를 사가지고 어장을 하겠다는 다짐이, 우리나라 통일이 그것들 속에 들어 있었다. 가장 큰 작품은 미완성이었는데 거문도 봉우리들을 형상화하는 중이라고 덧붙였다.

그러는 동안 눈에 열기가 생기고 손에 힘이 들어갔다. 하지만 창작의 열정보다는 먼 곳에 대한 그리움이나 자신의 쓸쓸함에 대한 하소연으로 들렸다. 커튼 아래 앉은뱅이밥상이 하나 있었는데 물주전자와 컵, 약봉지가 뚜렷해서 더욱 그래 보였다.

바닷가에 가면 고둥은 지천이다. 잡아먹기 가장 만만하다. 맛의 차이는 있지만 거의 모두 먹을 수는 있다. 사리 때 물이 나면 많이들 잡으러 간다. 만약 현지 주민이 갯것을 하고 있으면 무엇을 주로 잡는지 물어본다. 아래쪽이 평평하고 삼각형 모양에 몸집이 큰 것을 시리고둥이라 하여 제일로 친다.

잡았으면 해감한다. 바닷물 담은 그릇에 넣어두면 된다. 백사장 주변의 갯바위에서 잡았다면 모래를 머금고 있을 가능성이 많다. 한 번씩 흔들며 오래 해감한다. 샘플로 몇 개 삶아보아 모래가 씹히는지를 확인하는 게 좋다.

삶았으면 까먹을 차례.

고둥을 깔 때는 핀을 찔러넣은 손은 그냥 두고 고둥을 돌려야 쉽게 빠진다. (몇 개 돌려보고 머리 부분이 계속 떨어져나온다면 덜 익었다는 소리이다.) 통째로 빠졌다면 아주 정교한 동그라미를 보게 될 것

| 시리고둥. 고둥 중에 으뜸으로 친다.

| 다시리고둥. 매운맛이 난다. 이것만 좋아하는 사람들, 제법 된다.

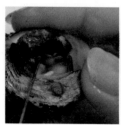

| 핀을 찔러 넣은 손은 그냥 두고 고둥을 돌려야 잘 빠진다.

이다.

살아 있는 것은 최소한 한 가지씩 재주가 있기 마련인데 이 녀석이 만들어내는 동그란 무늬는 리본체조 선수들도 따라갈 수가 없다.

꼬리 부분에 노란 살이 있다면 그게 생식소이다. 기름기가 많아 변비중인 사람에게 좋다. 반대로 배탈중인 사람은 피한다.

울퉁불퉁한 것은 다시리고둥으로 매운맛을 낸다. 손암 선생도 다시리고둥小劍螺에 대하여 "맛이 달면서도 매운 기운이 있다"고 하셨다. 물론 이 맛을 즐기는 이들도 많다. 머리 아래, 치마처럼 얇은 막이 살을 약간 덮고 있는 게 보일 것이다. 이 부분이 가장 쓴 맛이 난다. 싫으면 이것을 떼어내고 먹는다. 그냥 먹기도 하고 간장양념을 하여 반찬으로 먹기도 한다. 섬에서는 전분을 풀어 탕을 하기도 한다.

게고둥도 있다. 빈껍데기에 들어가 살고 있는 녀석들이다. 키워보겠다고 가져가기도 하는데 금방 죽는다. 이 녀석들은 스트레스를 받으면 제 다리를 끊는 습성이 있다. 큰 것은 돌돔 미끼로도 쓰인다.

그나저나 짧은 순간 나의 아내였던 소녀는 어디에서 살고 있을까. 실제 결혼은 어떻게 했으며 지금쯤은 어떤 갱년기 장애를 앓고 있을까.

| 들깨와 찹쌀가루를 넣고 끓인 고둥수프. 별미인데다 해장으로도 좋다.

골뱅이와
피뿔고둥

고둥 종류 중에서 가장 유명한 것은 골뱅이일 것이다.

피뿔고둥

골뱅이라는 단어가 가리키는 뜻은 다양하다. 다슬기류나 우렁이류를 통틀어 이르는 말도 되고 고둥과 다슬기, 우렁, 달팽이의 사투리이기도 하며 잔뜩 취해서 비틀거리는 사람, 그리고 이메일 주소의 @도 골뱅이다.

하지만 술안주의 대명사인 골뱅이는 큰구슬우렁이나 물레고둥을 말한다. 동해안에서 잡히는 것만 해도 열 가지 정도 되는데 그중 물레고둥만을 참골뱅이라 부르기도 한다. 늦겨울부터 초여름까지 수심 100미터 정도에서 통발로 잡는다. 정어리처럼 비린내가 강한 생선을 미끼로 쓴다. 통조림에 든 것은 영국산인 경우가 많다.

동해안이 골뱅이라면 서해안은 피뿔고둥이 있다. 흑갈색 껍데기에 얇으나 질긴, 뚜껑이 달린 패류로 우리가 항 포구나 시장, 포장마차에서 흔히 소라라고 부르는 것이다(정식 명칭의 소라는 남해안에서 난다. 꾸죽이라고 부르며 석회질의 단단한 뚜껑이 있다. 뒤에 소개된다). 피뿔고둥은 사시장철 나며 갯벌을 긁으면서 잡는다. 서해안 바닷가 걷다가 거저 줍기도 한다. 이 녀석은 다른 패류를 잡아먹는데 그러다가 잡히면 회로, 무침이나 구이로 사람에게 먹힌다. 구이 할 때는 입구가 위로 가게 해야 한다. 특히 여름에는 삶아먹는 게 좋다. 이거 껍데기가 주꾸미 잡는 어구가 된다.

오봉호五峯蠔

거북손

모든 양념을
물리치는 맛

오봉이 나란히 서 있다.
바깥쪽 두 봉은 낮고 작으나 안쪽 두 봉은 가장 크며
가운데 봉우리를 안고 있다. 황흑색이다.
뿌리 둘레는 껍질이 있다. 유자와 같으며 습하다.
살에도 붉은 뿌리와 검은 수염이 있다. 맛이 달다.

친구가 놀러왔다. 낚시를 하고 싶어하는데 상황이 좋지 않았다. 여러 날째 탁하던 물은 그믐사리가 되면서 상태가 더욱 나빠져 있었고 수온도 8도였다. 이 정도면 최악이다. 하지만 그의 두 눈 속에서는 감성돔과 뱅에돔이 첨벙거리고 있었다. 그것을 누가 어떻게 말려.

우리가 간 곳은 삼백량굴. 거문도 일급 포인트 중 하나다. 그렇지만 포인트라 해서 늘 고기가 널려 있는 게 아니다. 갯바위는 정육점도 아니고 수산시장도 아니지 않은가. 더군다나 썰물 때였다(기본적으로 갯바위 낚시는 들물 때가 유리하다).

나는 낚시에 최악인 상황을 설명하면서 바람이나 쐬러 나왔다고 생각하라고 말했지만 친구는 수긍하지 않았다. 이곳저곳에 자리잡

| 거북손. 거북이 발처럼 생겼다 해서 붙은 이름이다.

고 있는 낚시꾼들을 바라보며 각오를 다지는 모습이었다.

시간이 흘렀다.

그의 입에서 탄식이 나오더니 급기야 불만스러운 소리를 구시렁거리기 시작했다. 공연히 내가 미안해졌다. 물이 한정 없이 났다. 조간대가 까맣게 드러나자 나는 칼을 쥐고 갯바위 틈으로 내려갔다. 바닷가는 낚시 안 해도 술안주는 얼마든지 준비할 수 있다. 조간대에 붙어 있는 홍합, 삿갓조개(삿갓 모양을 하고 있는 이 녀석은 방심하고 있을 때 틈으로 재빨리 칼끝을 밀어넣어야 한다, 비말, 보말, 베말이라고도 부른다), 따개비, 고둥 따위가 모두 먹을 수 있는 것인데 그중 독보적인 게 바로 거북손이다.

내가 낚시를 포기하고 채집으로 돌아서자 친구는 막막해했다.

"그게 뭐야?"

"거북손이라는 거야."

"먹는 거야?"

"당연하지."

"어떻게 먹어?"

"이따가 삶아줄 테니까 먹어나봐."

"맛있어?"

"먹어나보라니까."

"하, 여기까지 와서 그런 것이나 먹어야 돼?"

"일단 먹어보라니까."

| 거북손은 빽빽하게 밀집해 있다. 가장자리부터 밑동을 하나씩 잘라들어가야 한다.

오후 내내 우리가 했던 대화가 이랬다. 하지만 이거, 맛있다. 손암 선생께서도 미감味甘 (맛이 달다)이라고 적어놓으셨다.

"이것은 스스로 완벽한 맛을 가지고 있네요."

일전에, 부산에서 푸드디렉터를 하고 있는 후배가 먹어보고 한 말이다. 그 말이 딱이다. 어떤 양념도 필요 없다. 자신이 쫀득거리는 고기이면서 조미료요, 감미료이다.

따개비류인 이 녀석은 거북이 발처럼 생겼다 해서 거북손이다. 거북발 이러면 이상하다. 섬에서는 흔히 보찰이라고 부른다. 대감 감투라는 별칭도 있다. 지난번에 다뤘던 고둥이 채취하기 가장 쉬운 거라면 이 녀석은 가장 어려운 놈이다.

바위틈에 석회질 느낌의 자그마한 산山 같은(예전 관광지에서 흔히 팔았던 산 모양의 배지 같은)게 있다면 바로 이 녀석들이다. 어디나 많이 있다. 하지만 사람들 손을 자주 타는 곳에는 큰 놈은 없다. 인적 드문 갯바위를 간다면, 예를 들어 낚시에 홀린 가족이나 친구 따라서 갯바위 포인트에 간다면, 특히 썰물이면 한번 해볼 만하다. 알아야 먹는다. 아는 만큼 먹을 수 있다.

장갑과 칼이 필수. 처음으로 해보는 사람은 어디서부터 손을 대야 할지 난감할 것이다. 워낙 빡빡하게 붙어 있어서 칼 집어넣을 공간이 보이지 않기 때문이다. 맨 가장자리 것부터 하나씩 밑동을 잘라내면 점차 공간이 생긴다. 큰 녀석들은 가운데 있기 십상이다. 칼끝을 최대한 바닥에 붙여 잘라낸다.

| 이렇게 붙어 살고 있다.

| 아래쪽 껍질을 찢거나 봉우리 양옆을 누르면 이렇게 속살이 나온다.

채취를 했으면 두어 번 씻어낸다. 바닷가에서 바로 먹겠다면 코펠에 바닷물을 넣고 몇 번 저어 세척을 한다. 그런 다음 약간의 민물을 넣고 삶는다. 오래 삶지 않아도 된다. 거품 넘치는 것은 주의.

아래서 껍질을 손톱 끝으로 잘라 떼어내고 나면 원통형 살이 보인다. 조심스럽게 잡아당긴다. 그게 어려우면 봉우리 양옆으로 이를 대고 지그시 눌러주면 잘 벌어진다. 뿌리 쪽은 살덩어리이고 위쪽은 고사리 모양의 부속지(만각蔓脚)가 있다. 손암 선생은 물고기의 아가미 같은 수염이라고 적어놓으셨다. 이것으로 플랑크톤이나 작은 생물을 잡는다. 위아래 모두 먹는다. 집에서 무쳐먹을 때도 약간의 간장양념과 참기름이면 충분.

돌아오는 길에도 친구는 장탄식을 그치지 않았다. 여기까지 와서, 여기까지 와서. 그것은 다른 낚시꾼들도 마찬가지였다. 잡어 입질 한번 받아보지 못했던 것이다. 우리가 잡은 볼락 두 마리가 거문도 갯바위 유일한 생선이었다.

그날 친구와 나는 볼락 두 마리 굽고 거북손에다가 술을 마셨다. 긴가민가하던 친구는 연달아 감탄을 하면서 집어먹었는데 두세 끼 반찬은 되겠다 싶은 게 한순간에 그만 동이 나고 말았다. 그는 이것을 먹으려고 여기까지 온 거였다.

해대海帶

미역

어김없는
물오름의 맛

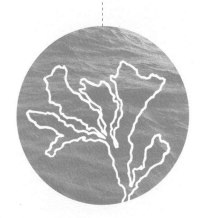

길이는 열 자 정도다.
한 뿌리에서 잎이 나오고 뿌리 가운데에서 줄기가 나오며
줄기에서 두 날개가 나온다. 날개 안은 단단하고 바깥쪽은 부드럽다.
뿌리는 달고 잎의 맛은 담담하다.
임산부의 여러 가지 병을 고치는 데 이보다 더 나은 게 없다.

(농어 편에서 잠깐 이야기한 대로) 섬으로 다시 들어온 나는 숲속 외따로 떨어진 집을 얻어 들었다. 전 주인이 두고 간 고양이가 있었다. 녀석은 나를 새로운 파트너로 정했고 끼니때마다 현관문을 긁으며 울었고 그리고 받아먹었다. 오로지 고양이 밥을 장만하기 위해 낚시를 가기도 했다.

녀석은 종종 두더지를 잡아오는 것으로 자신의 밥값을 증명해 보이곤 했다. 그러지 말라는 말은 듣지 않았다. 심지어는 멀리 치워놓은 두더지를 찾아내 현관 앞에 다시 갖다두기도 했다.

여러 날 불편한 울음소리를 내더니 한참 뒤 아무도 모르게 새끼를 낳았다. 아무도 모르게 만들되 동네방네 모두 알게 자식을 낳는

| 가두리 부이에서도 미역이 자란다. 가두리 고양이는 사람만 보면 반갑다고 다가온다.

| 생미역 데치는 중. 그냥 먹으면 떫다.

사람과는 반대였다. 아랫배가 축 처져 있기에 찾아봤더니 창고 속 합판 무더기 아래 눈도 못 뜬 다섯 마리가 꼬물거리고 있었다.

내가 바라보고 있자 녀석은 어색하게 울어댔다. 그래, 고생했다 싶어 마침 남은 미역국을 데워주었다. 이곳에서는 쇠고기 대신 우럭이나 노래미를 넣기 때문에 그것 골라먹으라는 소리였다.

그런데 생선살은 그냥 두고 미역부터 쭉쭉 뽑아먹기 시작했다. 고양이와 미역. 그것은 개와 마늘만큼이나 어색한 조합 아닌가. 낯선 것 탐하는 모습을 보며 나는 고개를 끄덕였다. 습관이나 환경을 한순간에 뛰어넘어버리는, 생명 메커니즘의 중심에 미역이 있었다.

우리의 어머니들도 그랬다. 산모 첫국밥으로 쓰이는 해산미역은 그렇다 치고 일상에서도 그렇게 쓰였다.

그 시절, 집집마다 어머니와 할머니는 먹을 것 준비하느라 모든 시간을 보냈다. 파래무침 하나를 해도 바다에 나가 뜯고 잡물 골라 씻어내고 다듬는 데에만 종일 걸렸다. 꼼지락 낑낑 꼬무락 꿍꿍, 만들어놓으면 자식 손자들은 오 분 만에 먹어치웠다.

그러면서 당신들은 입을 아꼈다. 대충 때우고 다음 끼니 준비를 시작할 뿐이었다. 하긴, 중국집 주방장이 라면 끓여먹는 이유가 단지 즐겨해서만은 아닐 것이다. 만들다보면 질리기도 하니까.

어느 날인가 나이든 여인네들이 둘러앉아 미역국 먹는 것을 보게 됐다. 세수를 해도 될 정도로 큰 양푼에 국을 가득 담아먹는데 어

| 물이 나면 미역은 이렇게 꼼짝없이 드러난다.

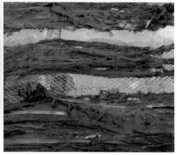
| 마른미역은 겨울바다와 사람의 손과 햇볕의 공동작품이다.

떻게 저걸 다 먹을 수 있을까 싶을 정도였다. 조용히 그러고 있어서 그것은 식사라기보다는 음식에 대한 샤먼적인 제의祭儀 같았다.

국이나 무침은 흔히 먹는 것이라 따로 덧붙일 필요는 없겠다. 생미역 먹는 방법만 말해보면 이렇다.

겨울 바닷가를 가면 돌에 붙어 있는 미역이 보인다. 찬바람이 불면서 하루 다르게 자라난다. 칼로 뿌리와 미역귀 사이를 잘라낸다. 미역귀는 말려서 나물을 해먹는데 그게 귀찮으면 귀 윗부분을 자른다. 미역귀는 우리 어렸을 때 간식거리였다. 하나씩 들고 아귀가 미어터지게 뜯어먹었다.

바닷물이 났다 하더라도 파도를 잘 보며 따야 한다(파도는 일정한 리듬이 있는데 대략 열 번에 한 번 정도 힘이 모아진 큰 파도가 친다. 꼭 염두에 두어야 한다). 물론 수산물 채취권은 그 마을 주민의 권리이다. 마을에 따라서는 쳐다보지도 못하게 하는 곳이 있지만 대부분 약간의 채취는 눈감아줄 것이다.

미역이 확보되었으면 끓는 물에 통째로 집어넣는다. 데쳐낸다고 생각하면 틀리지 않다. 미역이 푸른색으로 변하면 수저 따위로 슬슬 저어준다. 물이 다시 끓기 시작하면 건져내어 찬물에 헹군다. 손으로 비벼 빨고 찬물에 헹구는 것을 서너 번 해야 떫은맛이 없어진다. 채에 받쳐 물기를 뺀 다음 적당한 크기로 자른다. 가위가 좋다. 초고추장이나 간장에 찍어 먹는다. 젓국간장에 밥을 싸 먹어도 훌륭하다.

마을 아낙들이 발에 미역 너는 모습도 보일 것이다. 직접 사면 싸다. 양식장이 있는 곳에서는 양식 미역을, 이곳 거문도 같은 곳은 자연산으로 건미역을 만든다. 이거, 엄청 손 많이 간다. 따오는 것도, 너는 것도, 마르는 동안 일어난 거죽을 일일이 손으로 눌러주는 것도 다 일이다. 그 과정 다 거쳐야 겨울바다와 사람의 손과 햇볕의 공동작품이 나온다.

봄 중의 봄

이면우

아침으로 한번은 꼭 미역국을 먹자고
여편네와 거듭 다짐했다
미역이 일하는 사람의 피를 맑게 한다더라

고래도 새끼를 배면

깊은 바다 미역 숲부터 보아둔다더라

(…) 공장 잔업으로 더 늦게 들어오는 여편네가

스뎅양푼 가득 맑은 물에

배배 꼬인 마른 미역 몇 오라기 담그고

새벽이면 더 멀리 가야 하는 내가

먼저 촉수 낮은 부엌 등을 켰다 (…)

한 줌 마른 미역이 깊은 밤 한잠 새

맑은 꿈 속 뒤채며 몸을 풀고

이 아침 양푼 가득 파랗게 되살아나는 일

이른 봄 우리네 사는 일의

어김없는 물오름이여 (…)

쾌조의 봄이여

　연구자들에 따라서는 해대를 다시마로 보는 이도 있다. 크기 부분에서 사실 다시마에 가깝기도 하다. 한의학에서는 미역을 해대라 부른다. 『자산어보』에는 해초가 모두 35종이 나오는데 해대 외에는 딱히 미역이라고 볼 만한 게 없다. 무엇을 가리키는지 짐작이 어려운 것들도 있다.

고향이 있어도 가지 못했다
─섬의 여자들 1

흑산도 할매는 내 할머니와 아주 친한 친구였다. 흑산도에서 시집 오신 분이라 호칭이 그랬다. 흑산도는 신안군에 속해 있는 섬으로 거문도와는 멀리 떨어져 있다. 오가는 여객선도 없다. 그러니 왕래 또한 없다. 그런데 어떻게 시집을 오셨을까.

어선 때문이다. 어장 나간 어선은 위탁판매나 연료, 피항, 선박 수리 따위로 먼 섬에 들르곤 한다. 흑산도에 들렀던 거문도 사람이 중신을 놓았을 것이다. 반 장난으로 시작했는데 이런저런 조건이 맞아떨어졌거나, 언뜻 본 처녀가 몹시 욕심나서 적극적으로 설득했을 것이다.

아무튼 그분은 어선을 타고 이 먼 곳으로 시집을 왔다. 육지에서 시집온 사람은 북쪽을 향해 눈길을 주었지만 흑산도 할매는 늘 서쪽 바다를 바라보았다. 할머니와 함께 고구마 캐면서 고향 이야기를 두런거리던 풍경은 지금도 내 기억에 있다.

그분은 끝내 친정 고향 한번 가지 못하고 십수 년 전 돌아가셨다. 섬에서 태어나 섬으로 시집와 살다가 섬에서 생을 마감한 것이다. 좁은 땅 넓은 바다가 그분이 살았던 세상 전부였다. 할머니는 지금도 그분 이야기를 하시며 안타까워하신다. 우리 할머니도 동도에서 태어나 자랐다가 맞은편 섬 서도로 시집을 왔었다(거문도는 동도, 서도, 고도 이렇게 세 개의 섬이 있다). 친정이 저만큼 보여 친구보다는 나았다.

무슨 벌을 받아 이 먼 섬에 태어났는가—섬의 여자들 2

섬은 여자에게는 천형天刑 같은 곳이다. 고된 노동, 물리적인 불편, 여러 가지 제약 따위가 늘 사람을 괴롭히기 때문이다. 예전에 처녀 한 명 청산도로 시집가게 되면 친구들과 사흘을 내리 울었다. 집안일, 밭일, 갯일에 논일이 더해지기 때문이었다.

탓에 어떡해서든 섬을 떠나려는 부류가 생겼고 남아 있는 이들은 악착같고 생활력 강한 사람이 되어간다. 바닷물에 씻은 살결 옥같이 귀엽구나, 유행가 가사는 육지 사람의 단순한 감상이다. 바닷물과 바람은 사람을 쉬 늙게 만든다. 섬의 늙은 아낙은 자신의 피부를 쓸어보며 한숨 자주 쉰다. 무슨 벌을 받아 이 먼 섬에 태어났는가, 한탄하다가 자신이 낳은 딸을 물끄러미 바라보기도 한다.

섬의 인생을 끊고 육지로 나아간 것은 우리 세대가 가장 활발했다. 누구 소개로, 알음알음으로, 또는 홀로 이 악물고 도시 이곳저곳으로 스며들어갔다. 지금은 다들 자리잡아 당당한 시민으로 살고 있지만 고향을 떠올릴 때는 괴로움과 그리움이 애매하게 뒤섞인 눈빛을 한다. 한번 가보고 싶다, 소리는 해도 고향에서 살고 싶다는 소리, 안 한다.

한번은 젊은 여자에게서 전화가 왔다. 섬 태생이라는 게 너무 싫어 어떻게 해서든 기억을 지우고, 흔적을 없애며 살아왔는데 내 책을 읽고 나서 고향을 좋아하게 되었다고 고백을 했다. 그 어느 독자보다도 반갑고 고마웠다. 내 책이 그렇게 섬과 바다를 이해하는 데 쓰였으면 좋겠다.

강항어 强項魚

참돔

아아, 낚시 오길 정말 잘했어,
스스로 대견스러운 맛

큰 것은 길이가 3~4자나 되며 길이는 짧고 몸높이는 매우 높아 길이의 반쯤 된다. 몸색깔은 붉고 꼬리지느러미는 매우 넓다. 머리는 매우 단단하여 다른 물체가 부딪히면 거의 다 깨져버린다. 이빨도 몹시 단단하여 소라와 고둥 껍데기를 능히 부숴 알맹이를 먹는다. 낚싯바늘도 곧잘 물어서 부러뜨린다. 살은 탄력이 있고 맛이 좋으며 짙다.

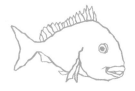

참돔은 바다의 미녀, 여왕, 왕자, 이렇게 별칭도 엄지손가락급이다. 붉은 바탕에 은빛 점이 있어(크면서 점차 검은색을 띤다) 예쁘고 힘도 세다. 그렇지만 손암 선생의 설명이 약간 과하긴 하셨다. 이마가 단단하기는 하지만 격파용까지는 안 된다. 그래도 여러 가지 매력을 다 가지고 있다. 품격이 있어야 참이 붙는다. 일 년 내내 근해에서 물고 남해안은 늦봄부터 가을까지가 제철이다. 낚시꾼에게 인기 있는 종류다.

참돔 철이 오면 내 외삼촌도 바빠진다. 여수 거문도 간 페리호 선장을 하다가 은퇴를 하신 외삼촌은 초여름이면 꼭 고향 거문도로 들어온다. 참돔 낚시 때문이다. 뭔가를 낚으려면 미끼가 있어야 한다. 보통 낚시꾼은 크릴을 쓰는데 주민들은 좀 다르다.

물 밀려가면 마을 앞에 자그마한 갯벌이 드러나는데 그곳에서 흔히 홈무시라고 부르는 바위털갯지렁이를 판다. 이것 파는 게 또 일이다. 괭이로 파고 바가지로 물을 퍼내며 잡는다. 뙤약볕 아래에서 그러니 금방 땀에 젖는다.

외삼촌은 배가 없다. 예전에는 0.6톤짜리 배가 한 척 있었다.

그 배는 다른 섬에서 삼치 낚으러 온 노부부의 것이었다. 여러 날 낚은 삼치, 수협에 넘겨 돈 만들던 노부부는 어느 날 대판 부부싸움을 했다. 영감님이 한 성질 있었던지 그만 배를 전속력 돌진하여 방파제에 박아버렸다. 배는 가라앉았다. 그는 가라앉은 배를 인근 선박수리소에 헐값으로 넘기고 섬을 떠났다.

수리소 사장이 건져내어 고쳤고 외삼촌이 샀다. 외삼촌은 그 배로 겨울에는 삼치를, 여름에는 참돔을, 이것도 저것도 어중간할 때는 그물을 놨다. 나도 한동안 같이 다녔다. 그러다 자신도 팔고 떠났던 것이다.

그래서 처갓집 배를 빌린다. 섬에서 가장 작은 배이다. 거룻배 크기에 경운기 엔진을 단 것이다. 파도가 조금만 쳐도 뒤집어질 듯 위태롭다. 그래도 그것을 배라고 부르지 뭐라고 부르겠는가.

낚시채비와 소주 한 병. 아, 김치가 있어야지. 할머니에게 김치 좀 싸달라고 한다.

"갓김치가 많이 남았으니 그것 싸주마."

| 또 바다로 나간다. 이러면서 나는 날마다 거문도 풍경 속으로 녹아들어간다.

나와 삼촌은 갓김치를 좋아하지 않는다. 할머니도 그렇다. 그러니 늘 남을 수밖에 없다.

"아니, 다른 김치 싸주시오."

우리 둘은 배에 오른다. 목적지는 동도 뒤 '배신개'이다. 예전에 어떤 배가 풍랑을 피해 쉬었다고 해서 붙여진 이름으로 '개'는 아주 작은 만灣을 이르는 말이다. 먼 곳이 아니건만 한 시간이나 걸린다. 토옹토옹, 대양을 건너는 상선처럼 가고 또 간다.

그러는 사이 찬물샘과 깎아지른 벼랑과 사이사이 언덕배기, 그 것들을 빙 두르고 있는 소나무, 동백나무 숲이 천천히 지나간다. 도착하면 해는 섬 뒤로 진다. 더운 기운이 한순간에 사라진다. 잔파도 가볍게 출렁이고 바람은 선선하게 불어온다. 아무리 비싼 에어컨이 있다 해도 이 바람은 만들어내지 못할 것이다. 모기도 없다.

지렁이 파느라 흘렸던 땀도 잦아든다. 한여름이면 물놀이하는 아이들이야 시원하지만 어른들은 죽을 맛이다. 집은 낮고(태풍 피하기 위해) 슬레이트 지붕이 아직도 많기 때문이다. 그러니 종일 더위에 시달리는 대신 이런 장면이 준비되어 있는 것이다.

그리고 하나둘 별이 뜨기 시작한다.

나는 선수 쪽에서, 외삼촌은 갑판 위에서 채비를 편다. 낚시용 가위로 혼무시를 자른다. 절단이 느닷없어 지렁이는 각자 하나의 생명체로 나뉜 듯 몸을 휜다. 바늘 두 개씩 해서 던지면 비로소 시작

│ 외삼촌과 함께 낚아온 참돔. 이거 손질 다하고 나면 새벽 2시다.

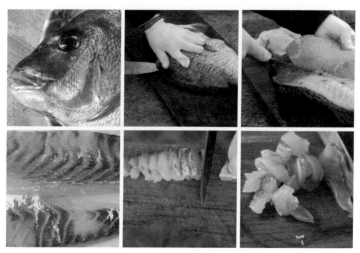

| 큰 놈은 회가 될 팔자. 참돔회에는 물결무늬가 나온다.

이다. 기다렸다는 듯, 투툭, 입질이 온다. 세 마리, 일곱 마리, 열한 마리. 갑판 위에 참돔이 쌓여간다. 그리고 달이 뜬다. 푸른 바다는 순식간에 은빛 세상이 된다.

그러다보면 배고파진다.

참돔회를 뜬다. 이럴 때 김치 한 가지면 충분하다. 고추냉이니 초고추장이니 복잡하기만 하다. 가방을 열다가 우리는 멈칫한다. 플라스틱 그릇 속에는 갓김치가 그득하다. 할머니가 슬그머니 넣은 것이다. 니들이 안 먹고 배겨? 소리이다. 도리 없이 회 한 점을 갓김치에 싸서 입에 넣는다. 삼촌이 탄식을 한다.

"아아! 맛없다."

| 갯바위에서 낚은 참돔. 파도가 심해 잔잔한 곳으로 손질을 하러 왔다.

할머니가 입에 걸린 김에 삼촌은 말을 잇는다. 요지는, 돌아가시면 여수로 모셔갈 수 있도록 설득해달라는 것. 할머니는 오래전부터 자신의 무덤자리를 섬에다 준비해놓으셨다.

"여수공원묘지에 모시면 우리가 둘러보기에도 좋고. 니 말은 잘 들으니께 니가 말 좀 해봐라."

어디서 살아야 하는가, 처럼 어디에 묻힐 것인가까지 고민해야 하는 존재는 사람밖에 없다. 말인즉 옳은 말씀이라 말은 하겠지만 그래도 저렇게 섬에 묻히고 싶어하시는데 할머니 의견을 따라야 하지 않겠냐고 나도 답을 한다. 삼촌은 가볍게 숨을 내쉰다.

"내가 자주 올 수가 있어야지. 니가 언제까지 여기서 살지도 모르고."

그러다 갑자기 연달아 물기 시작한다. 참돔 무리가 붙은 것이다. 그러면 정신없다. 아까운 미끼도 몇 개씩 던져준다. 그래야 무리를 조금이라도 더 붙들어놓을 수 있기 때문이다. 그러는 사이 달은 더 솟아오르고 저멀리 갈치배 집어등 불빛도 또렷해진다.

이날 둘이서 낚은 게 70마리. 늦은 밤 돌아와 손질하고 밥 먹고 나면 새벽 2시. 막소주가 위력을 발휘하는 것도 이때이다. 이렇게 부지런 떨어 거둬들인 참돔은 자식들과 친지에게 가고, 그리고 두

| 이렇게 말리기도 한다. 생선은 살짝 말려놓으면 맛이 더 좋아진다.

내외 겨우 내내 반찬거리이다. 사실 그도 좀 지겨워한다. 하지만 이게 없으면 꼼짝없이 돈 주고 찬거리를 사야 한다. 몸을 이용한 절약을 나는 그에게서 본다. 삼촌은 칠십대이다.

초보자는 갯바위 참돔 찌낚시 하기가 여의치 않다. 이렇게 섬에서 밤낚시 가는 배를 얻어 타면 좋은데 요즘은 거의 하지 않는다. 돈이 안 되기 때문이다. 예전에는 참돔 어린 것(상사리라고 한다)을 가두리양식장에서 샀는데 요즘은 안 산다.

| 칼집을 넣어놓으면 간이 두루 배고 익힐 때도 고루 익는다.

가장 만만한 방법이 참돔 좀 난다는 곳에 가서 밤에 원투를 하는 것이다. 이때도 지렁이를 쓰는 게 낫다. '볼락' 편에서 말했듯이 지렁이는 피에 발광물질이 들어 있어 밤낚시에 유리하다.

　크기가 횟감으로 적당하지 않은 것은 구이가 제격이다. 소금물 간을 하면 좋으나 급하면 굵은소금 뿌려 구워도 충분하다. 손으로 한 마리 들고 찢어 먹으면 별미이다. 단, 모든 요리가 그렇듯, 오래 구우면 살이 딱딱해지고 맛이 떨어진다.

검성라劍城贏

소라

여러 가지를
처음으로 본 맛

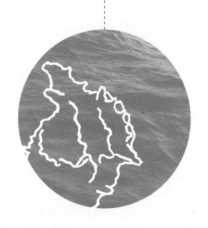

가장자리 둘러싼 곳에 칼날같이 날카로운 성이 있다.
입구에 하나의 골이 시작되고 있고 안쪽 골 언덕은 험하게 깎여
날카로운 각을 이루고 있으며 그 끝도 역시 날카롭고
바깥 골 끝 또한 높이 솟아 있다.
이것을 잘 갈아서 술잔이나 등기燈器를 만든다.

설명대로 하자면 사람 해치는 표창 같으나 마개가 예쁘고 껍데기에
뿔이 달린 녀석으로 섬에서는 꾸죽, 꾸적이라 부른다. 소라는 내가
어떤 역할을 하고 맨 처음 일당으로 받아본 것이기도 하다. 이렇게
된 일이다.

할머니가 물질을 나갈 때 장작을 들고 따라간 게 여덟, 아홉 살
때이다. 그때는 해녀들, 참 많았다. 밭일 집안일에 지쳐도 물질을
해야만 현금을 쥘 수 있기에 열댓 살 어린 처녀에서부터 환갑 할머
니들까지 그 일을 다녔다.

출발은 한 명씩이지만 이 골목 저 골목에서 나와 붙어 마을이 끝
날 때쯤에는 수십 명으로 불어나 있었다. 그들이 간 곳은 해수욕장

너머 갯돌이 길게 늘어선 곳. 그들은 도착하자마자 물안경 쓰고 서둘러 물속으로 들어갔다. 물안경은 일반 안경처럼 동그란 알 두 개짜리였다(여러 해 뒤 알 하나짜리 커다란 물안경을 사드렸는데 할머니는 멀미가 난다며 다시 돌려주었다). 내 일은 넓은 바닷가에 일정한 간격을 두고 널려 있는 함지박과 옷가지를 지키는 거였다.

무료함을 본격적으로 맛본 게 그때가 처음이었다. 사람이 쓰는 물건은, 주인이 손을 떼면 그 자세 그대로 한정 없이 기다리고 있다는 걸 알게 된 것도 그때였다. 물이 나면서 검푸른 해초 더미가 거듭 솟아났고 수십 벌의 옷가지는 갯바위 위에서 햇살만 받았다. 나는 갯돌을 뒤졌고, 천천히 흘러가는 구름을 보았고, 포로롱 날아가는 바다 직박구리 울음소리를 들었다. 시간은 물보다 더디 흘렀다. 다시 밀물이 시작되고도 그들은 돌아오지 않았고 비행기가 세 대째 지나갔다.

그리고 모든 기다림에는 끝이 있듯, 휘유휘유 숨비소리를 내며 그들은 돌아오기 시작했다. 마지막 미련처럼 다 와서까지 자맥질을 하더니 일제히 입술을 부르르 떨면서 올라왔다. 배불뚝이가 된 형설이(채집물을 넣는 동그란 그물)에서는 푸른 바닷물이 뚝뚝 떨어졌다.

쌀쌀한 가을날씨 아래서 해녀들은 썰물 앞뒤로 세 시간 넘게 물질을 한 것이다. 바다에서 나와 가장 먼저 하는 것은 장작불 일으켜 몸을 녹이는 거였다. 때아닌 불이 바닷가에서 타올랐고 모두들 손발을 앞으로 내밀며 코를 훌쩍였다.

| 해녀들이 잡아온 소라. 꾸죽, 꾸적이라 부른다. 이것 회는 기름소금에 먹어야 제맛이다.

"짐 잘 지켰냐?"

한 아주머니가 나에게 물었다. 나는 다섯 번이나 옷가지의 수를 세었고 바람에 휘날리려고 하는 것은 돌로 눌러놓았다고 대답했다. 그러자 그녀는 보답으로 소라를 하나 주었다. 몇몇 해녀가 거기에 동참했다.

자그마한 전복을 도려내 입에 넣어준 할머니는 소라 두 개를 낫 뒷등으로 깨고 남은 서너 개는 장작불가에 얹어주었다. 생것은 오독오독 씹혔고 불 위에 있는 놈은 김을 내며 익어갔다. 처음으로 받은 일당이었다. 할머니는 익은 것을 손으로 돌려 빼주기도 했다. 입

| 물이 나면 갯바위 갈라진 틈에 모여 있는 것을 볼 수 있다. 물론 운이 좋아야 하고 눈도 밝아야 한다.

안에 퍼지는 바다 향기가 강렬해 저절로 눈이 감겼으나 오래 감고 있지는 못할 상황이 눈앞에 벌어졌다.

그럭저럭 손발이 녹으면 옷을 갈아입어야 한다. 아무리 불을 쬐고 있어도 체온이 떨어지는 것을 막을 수는 없기 때문. 어린것도 사내 눈이라고 처녀들은 재빨리 커다란 바위 뒤로 가서 갈아입었다. 하지만 불 욕심에 늦게까지 앉아 있던 새댁과 아주머니들은 대충 그 자리에서 갈아입었던 것이다. 아낙들의 출렁거리는 젖가슴과 눈부신 엉덩이가 파란 바다를 배경으로 한동안 나타났다 사라졌다 계속되었다.

소라 손질 과정. 입구 옆 단단한 은색 바탕 쪽을 때리고 막을 벗겨낸 다음 씻으면 된다. 쓴맛을 즐기는 사람은 그냥 먹기도 한다.

한 아주머니는 속고쟁이를 벗으려다 내 눈과 마주쳤다. 그녀는 잠깐 고민하는가 싶더니 몸을 돌리고 허리를 굽히면서 고쟁이를 내렸다. 깊은 무료함 뒤에는 감당하기 어려운 풍성함이 찾아온다는 것도 처음 알게 되었다. 이 일은 계속해볼 만한 것이라고 나는 생각했는데 생각이 너무 길어 나중에 먹으려고 둔 큰 소라는 그만 까맣게 타고 말았다.

몇 명 남지 않았지만 지금도 섬에서는 해녀가 소라를 딴다. 직접 사면 요즘 1킬로그램에 6천 원 정도 한다. 이 녀석의 장점은 회가 된다는 것이다. 동그란 입구 옆 단단한 은색 바탕 쪽을 때려서 깨고 내장 부분을 모두 떼어낸 다음 씻어 얇게 잘라먹는다. 섬에서는 주로 기름소금에 찍어먹는다. 생것일 때는 소라 특유의 냄새도 나지 않는다. 맛이 달고 맑다.

삶았을 때는 젓가락을 찌르고 껍데기를 돌려 빼낸다. 고둥 편에서 말했듯이, 몸통을 둘러싼 얇은 막은 벗겨낸다. 내장 끝 부분에 달린 노란 생식소는 아주 고소한데, 변비 해소에 좋다.

골도어 骨道魚

돌돔

단 하나를 위해
종일 앉아 있는 맛

큰 놈은 4~5치 정도인데 모양은 도미를 닮았다.
색은 희고 가시는 매우 단단하다.
맛은 엷다.

섬에서 자란 탓에 나는 낚시를 일곱 살 때 배웠다. 낚시 장비라 해봤자 두 뼘 막대기에 봉돌과 바늘 하나 묶은 거였지만 말이다. 오죽잖은 그 채비 가지고 바닷가 쏘다니다가 여수로 전학을 한 게 열 살 때였다.

항구는 섬과 달리 복잡했다. 가게는 즐비하고 어선과 여객선이 수시로 드나들었으며 사람도 많았다. 우리 속에 간힌 기분이었다. 섬에서 뛰노는 꿈을 꾸고 난 다음 날 멍하니 정신을 놓고 있던 것도 그 때문이었다.

가져온 내 짐 속에는 두 발 정도의 낚싯줄과 바늘이 있었다. 그것으로 채비를 만들어 낚시를 하러 다녔다. 봉돌은 돌멩이로 대신했

| 낚아서 갯바위 웅덩이에 넣어둔 돌돔

다. 비좁은 선창과 사람들에 치여 자유롭지 못했지만 그거라도 하고 있으면 갈증이 좀 가라앉았다.

문제는 미끼로 쓸 갯지렁이였다. 섬에서는 호미만 들고 나가면 어디서든 팔 수 있었는데 항구는 그럴 곳이 드물었다. 여객선 선착장 옆에 펄 섞인 자갈밭이 있었다. 하지만 그곳에는 소나무 갱목을 박아 만든 간이 횟집들이 서 있었다. 지렁이를 파면 주인이 쫓아나오며, 집 무너지면 니들이 책임질래 이 뭐할 놈아, 뭐의 자식들아, 욕을 했다.

하나 남은 방법이 낚시점에서 사는 거였다. 당시 갯지렁이 한 통이 100원이었다. 100원은 큰돈이었다. 어찌어찌 50원을 만들어낸 나는 나 같은 놈을 만날 때까지 낚시점 앞에 서 있어야 했다. 까다로운 애를 만나면 마릿수와 길이까지 따지며 나누어야 했다.

주로 노래미를 낚았다. 간혹 우럭도 물었다. 그렇게 낚아오면 반 정도는 칭찬을 받았고 반 정도는 공부 안 하고 싸돌아다닌다고 꾸중을 들었다. 어느 날 마지막 남은 미끼에 색다른 게 물었다. 일곱 줄의 세로무늬 선명한 돌돔.

횡재를 한 나는 달음박질쳐서 집으로 돌아왔다. 집은 비어 있었다. 나는 흐뭇해서 입을 뻐끔거리는 녀석을 빤히 바라보았다. 이런 것을 잡곤 했던 섬의 바다 풍경이 파노라마처럼 손에 잡힐 듯 스쳐갔다. 그러자 이 녀석이 그곳에서 온 것 같았다. 나를 찾아 300리 바다를 헤엄쳐온 친구 같았다. 문득 가슴이 막막해졌고 후회가 해

| 돌돔 장대 채비는 워낙 비싸 가지고 있지 않다. 대신 이렇게 펜치를 낚으러 다닌다. 이걸로 충분하다. 이곳은 거문도 등대 아래 갯바위.

| 생계형 낚시의 특징 중 하나는 자주 앉아서 한다는 것이다.
이곳은 목너머라는 갯바위 지대로 내가 자주 가는 곳이다.

일처럼 밀려왔다.

부랴부랴 수돗물에 녀석을 넣고 소금을 풀었으나 비실비실했다. 선착장까지 들고 가다보면 죽을 것 같아서 그럴 수도 없었다. 녀석은 천천히 죽어갔고 바라보는 내 마음은 점점 더 아파왔다. 그 돌돔은 노래미와 섞여 그날 저녁 찌개로 올라왔다.

생선마다 자신의 특색이 있고 맛이 있다. 거느리고 다니는 팬들도 제각각이다. 감성돔을 최고로 치는 꾼이 있고 뻥에돔 전문가도 있고 대형 참돔이나 부시리만 노리고 다니는 이들도 많다. 하지만 그 모든 것의 최고봉은 돌돔이라 해도 무리가 아니다.

특히 돌돔 마니아들은 다른 것은 쳐다보지도 않는다. 돌돔 전용 장대 하나 들고 종일 갯바위에 앉아 있다. 오직 한 마리만을 노리고 바다만 바라본다. 움직이지도 않는다. 저러다 문득 도道라도 깨닫게 되는 것은 아닐까 싶을 정도로 집중과 집념이 강하다. 그 정도 자세이면 무엇을 해도 성공하지 싶은데 그들은 오직 돌돔 낚아올리는 성공만 꿈꾼다.

돌돔 미끼는 다양하다. 바위털갯지렁이나 성게, 큰 게고둥을 쓴다. 오분자기를 쓰기도 한다. 이 녀석들이 이렇게 비싼 것을 제 밥으로 하기 때문이다. 그러니 미끼 값만 해도 10만 원이 훌쩍 넘는다. 하지만 한 마리만 낚아도 모든 게 상쇄된다.

성어가 된 돌돔은 감탄이 절로 나온다. 보통 횟집에서 농어 도미

| 돌돔 쓸개. 소주에 타서 먹는다. 인기가 아주 좋다. | 돌돔이 되면 줄무늬가 엷어진다.

가 5, 6만 원 하는데 돌돔은 아예 쓰여 있지 않다. 그보다 몇 배 값이다. 그만한 돈 값을 하는가? 결론부터 말하자면, 한다.

손암 선생께서 맛이 박薄하다, 고 적어놓으셨다. 박하다는 말은 엷다, 가볍다는 소리이다. 담박하다는 소리도 되겠지만 아무래도 선생의 평가가 너무 박하신 듯하다. 맛의 깊이와 단단한 질감은 최고이다. 내가 먹어본 것 중에 가장 탄력이 좋은 게 쏨뱅이와 이 돌돔이다. 혹시 비슷하게 생긴 아홉동가리와 혼동을 하셨을까? 크기도 너무 적게 기록해놓으셨다. 돌돔 어른 고기는 50센티가 넘는다. (아홉동가리는 줄무늬가 45도 각도로 있는데다 크기도 작다)

아무튼, 돌돔은 회를 으뜸으로 친다.

육지 처갓집으로 돌돔을 가져갔는데 잠시 나갔다 온 사이 장모가 토막 쳐서 소금 뿌려놓았다며 3년째 탄식하는 사람도 있다. 쓸개도 버리지 않고 술에 타먹는다. 뼈와 껍질을 고면 진한 국물이 나

| 25센티미터 이하를 펜치라고 부른다. 공구 펜치의 길이가 25센티미터이기 때문이다.

온다.

25센티 이하는 펜치라 부른다. 이 녀석들은 구워먹는 게 좋다. 프라이팬에다 기름 조금 두르고 지지는 것도 한 방법이다. 이때 약한 불에 뚜껑을 닫아놓아야 한다. 몸에서 수분이 나오면서 고루 익기 때문이다.

돌돔을 일본어로 이시다이라고 하는데 바다낚시를 좋아하는 이들 중에는 자신의 호칭에 그 단어를 붙여 쓰는 사람이 적잖다. 이시다이 박, 이시다이 김, 이렇게. 하지만 친구들은 이렇게 부른다. "어이, 펜치 박."

침어鱵魚

학꽁치

바다가 맘먹고
퍼주는 맛

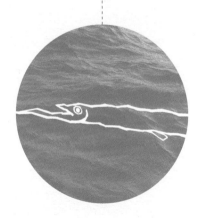

뱀처럼 몸이 가늘고 길다.
아랫부리는 침 같고 윗부리는 제비부리 같다.
흰 빛깔에 푸른 기운이 있다.
맛이 달고 산뜻하다.

"야이야, 시간이 어찌나 잘 간지, 토요일이 삼 일 만에 돌아온다야."

맞은편 마을에 사는 할머니는 종종 그렇게 말씀하셨다. 토요일이 자주 돌아오다보니 어느새 한 해가 끝나간다. 좋든 싫든 일 년을 마무리할 시기이다. 사람들은 와자하니 송년회를 할 것이다. 마무리란 흘러간 시간을 확인하는 것 자체가 의미이다. 살아낸 시간은 어디 가지 않고 몸과 정신에 차곡차곡 쌓인다. 우리들은 그것을 서로 증명해주기 위해 만나고 술잔을 나눈다.

며칠 전 감성돔 낚시를 갔다. 첫추위가 기승을 부리다가 잠시 누그러질 때였다. 겨울바다의 푸른색은 처연하기가 이를 데 없어, 이별의 아픔을 오래 겪고 난 화가의 수채화 같다. 두보의 시처럼 물이 푸르니 갈매기는 더욱 희다. 하지만 오래 감상하고 있을 것이 못 된다. 풍경과 저녁밥은 별개의 문제이다(아 글쎄, 이래서 나는 생계형이라는 말이다).

낚시를 하는데 채비가 미처 들어가기도 전에 어떤 놈들이 달려들어 미끼를 따먹는다. 은색 점선이 번뜩거린다. 낚아내보니 역시 학꽁치. 드디어 왔구나. 우리나라 해안가 어디서나 일 년 내내 제 마음대로 출몰하지만 이곳 남쪽 섬에서는 대표적인 겨울 손님이다. 이 손님이 찾아오면 한 해를 정리할 시기가 되었다는 소리이다.

학꽁치는 동갈치목 학꽁칫과의 바닷물고기다. 과메기나 통조림 만드는 꽁치와는 여러 가지로 구별이 된다. 일반 꽁치는 등 쪽이 짙은 청색을 띠는 등푸른생선이라 살도 붉다. 학꽁치는 흰살생선이다.

이 녀석들이 몰려오면 겨울바다는 은비녀를 뿌려놓은 것처럼 변하고 갯바위나 방파제는 아연 활기를 띤다. 마을 영감님도, 환갑 다 되어가는 노총각도, 어린 학생도 와서 낚는다. 이제는 호호백발 할머니 되어버린 내 친구의 어머니도 누가 버린 낚싯대 주워 와서 우습게 백 마리씩 낚는다. 겨우 내내 노부부 반찬이 될 것이다. 아들 딸에게 택배 짐도 만들어질 것이다.

어떤 사람이 일본엘 다녀왔는데 그곳 식당에 갔더니 학꽁치회가 딱 두 점 나왔단다. 거기 사람들은 이것을 약으로 먹고 있더라고 그는 타박했다. 우리는 음식으로 배부르게 먹는다.

이 정도면 바다가 생선을 그냥 퍼주는 것이다. 변방의 외로움과

| 겨울바다에서 학꽁치를 뜰채로 뜨는 모습. 이것도 요령이 있어야 한다.

| 회로 변해가는 학꽁치. 등 쪽으로 칼을 넣는 방법이다. 등뼈를 발라내고 내장을 긁어낸 다음 씻는다.

거친 환경을 잘 견뎌낸 이들에게 주는 선물이겠다. 섬의 풍요는 이런 모습으로 온다.

한번 낚아보면 이렇다. 학꽁치는 대개 눈에 보이는 수면 쪽에서 돌아다닌다. 가볍고 긴 낚싯대에 학꽁치용 바늘을 묶고 새우 살을 아주 조금 단다. 녀석들이 돌아다니는 깊이 정도로 찌를 조절하고 던지면 달려와서 물고 달아난다. 손목 스냅을 한번 줘서 후킹을 시키고 올리면 된다.

먹으려면 머리를 자르고 배를 길게 갈라야 한다. 피부와 뱃속의 색깔이 이 녀석처럼 극단적으로 갈리는 경우도 드물 것이다. 껍질의 은색 광택은 탄성을 지를 정도로 맑고 밝은데 뱃속의 내장 피막은 아주 시커멓다. 섬사람들은 몸체를 넓적하게 편 다음 칼로 긁어낸다. 초보자는 쉽지 않다. 이때 칫솔을 사용해서 씻어내면 살도 물러지지 않고 좋다.

그런데 이거, 중노동이다. 마릿수도 많고 손도 많이 가기 때문. 학꽁치 들고 들어간 집은 새벽 서너시가 되어야 허리를 펼 수 있다. 쉽게 잡힌 대신 수고로움이 기다리고 있다. 자연 상태의 어떤 것을 음식으로 만들기까지 얼마나 많은 수고가 들어가는지, 받아먹기만 한 사람은 모른다.

맛은 손암 선생의 말씀대로 달고 산뜻하다.

등 쪽으로 칼을 넣어 뼈를 제거하고 넓게 펴면 훌륭한 회가 된다. 이 부분은 연습이 좀 필요하다. 씻은 다음 한쪽 면씩 포를 뜨면 더 쉽다. 그것도 어려우면 통째로(등뼈 있는 채 어슷어슷) 썰어먹어도 된다.

첫째가 묵은 김치이고 둘째가 쌈장(참기름과 양파를 넣고 비벼놓으

| 씻은 다음 한쪽 면을 포 떠내는 방법이다. 역시 등뼈를 발라낸다.

| 학꽁치 회무침. 섬에서는 민들레, 고들빼기 같은 약초와 버무려먹기도 한다.

| 학꽁치 말린 것. 먹기도 하고 관광객에게 팔기도 한다.

| 갓 잡은 학꽁치의 껍질은 맑다 못해 찬란하기 | 학꽁치회. 이곳에서는 겨울에 실컷 먹을 수 있다.
까지 하다.

면 더 좋다), 셋째가 고추냉이 간장이다. 내 기준으로 그렇다는 것인
데 별 이견 없을 것이다. 채소와 버무려 회덮밥 만들어 먹기도 한
다. 부침가루와 계란으로 옷을 입혀 전을 붙이면 12첩 반상이 안
부럽고 김칫국 끓여도 개운하다. 넓게 펴서 가미한 다음 말려 포를
만들기도 한다. 이거 하나로 별의별 조화가 가능하다.

아랫부리가 학처럼 뾰족하다 하여 학꽁치이다. 우아한 이름이다.
하지만 이곳 사람들은 말버릇이 방정맞은 사람한테 "꽁치가 망하
는 것은 주둥아리 때문이여"라고 하기도 한다.

감성돔은 얼굴도 못 보고 학꽁치만 서른 마리 정도 낚아왔다. 수
북하게 회 떠놓고 소주 한 병 비틀어놓으니 북서계절풍 몰아치는
지붕 낮은 집도 순간 아늑해졌다. 작년에도 이랬다.

서민들의 밥상을 사수하라
—꽁치

정약용의 『아언각비雅言覺非』에는 "꽁치는 꽁치를 이르는데 아가미 근처에 일부러 침을 놓은 듯 작은 구멍이 있기에 구멍 공孔을 써서 공치라 부른다"고 나와 있다. 우리가 보통 구워먹거나 찌개로 먹는 것이며 봉수망이라는 조법으로 주로 잡았다. 수면에 잘 뜨고 야행성에 빛을 좋아해서 불빛으로 그물 속까지 유인하는 방법이다.

동해안에서 봄부터 여름에 걸쳐 산란을 한다. 그때 하는 게 손꽁치잡이다. 헌 가마니에 두 손이 들어갈 구멍을 뚫어놓고서 수면에 띄워놓고 기다린다. 산란을 하려는 꽁치가 와서 몸을 비비는데 그때 잡는다. 곳에 따라 풀가사리 같은 해초를 이용하기도 한다.

고등어, 정어리, 전갱이와 더불어 4대 등푸른생선에 들어가는 꽁치는 오래전부터 서민들의 밥상을 지켜왔다. 여러모로 몸에 이롭게 작용해 "꽁치 나오면 신경통이 들어간다"라는 말도 있다.

거기에 비해 학꽁치는 주로 낚아 먹는다. 물론 배 두 척이 그물을 끌어 잡기도 하고 밑밥을 뿌린 다음 커다란 뜰채로 떠서 잡기도 한다.

흑어 黑魚

감성돔

보약 한 재로
치는 맛

색깔이 검고 비교적 작다.

아, 손암 선생님.

솔직히 너무하셨습니다. 다른 것도 아니고 감성돔인데, 처오촌 부탁에 마지못해 붓을 든 것처럼 '색흑이초소色黑而稍小' 다섯 자만 달랑 적어놓으셨다니요. (안 그러셨잖아요!) 선생님이 기록해놓으신 155종 해산물 중에 얘들보다 이력서 짧은 것도 없습니다. 왜 이 녀석에게만 야박한 점수를 주셨나요. 하다못해 정체 불분명한 인어人魚에 대해서도 세세하게 설명해놓으셨으면서요.

감성돔에 목숨 거는 꾼들이 보면 땅을 칠 노릇입니다. 흑산도에서 16년이나 계셨는데 잘 못 보셨나요? 그때는 감성돔이 없었나요? 설마요. 저는 그렇게 생각 안 합니다. 선생님께서 정리해놓으신 것

| 겨울철에는 이거 한 마리면 충분하다.

의 후손들이 지금도 남쪽 바다를 활개치고 다니는데 감성돔인들 왜 없었겠습니까. 지금보다 더 있었겠지요.

제 경우만 봐도 그렇습니다. 열 살도 되기 전에 어른 손바닥보다 큰 것을 여러 마리 낚았습니다. 종이 뭉치에 둘둘 말아놓은 그런 채비로 말이죠. 흔했죠. 요즘 되레 보기 힘듭니다.

지금이 감성돔 철이기는 한데 이놈들 얼굴이라도 한번 보려면 낚싯배 타고 섬 뒤편 벼랑 포인트까지 가야 합니다. 종일 낑낑거려봐야 얼굴이나 한번 볼까 말까입니다. 그래도 찾아오는 낚시꾼마다 뭐에 홀린 듯 감성돔, 감성돔, 중얼거리고 다닙니다. 요즘 아이들 말로 인기 짱이죠.

예전 완도 바다에서 일할 때 고씨라는 사람이 있었습니다. 이 양반이 왈짜로 큰 탓에, 사람이고 법이고 도무지 무서워할 줄을 몰랐답니다. 당연히 사건사고 많았죠. 감옥도 몇 번 들랑거렸고요.

제가 봤을 때는 고향에서 늙고 병든 채 살고 있었습니다. 먹고는 살아야 해서 억지로 일은 나오는데 쉬 지치곤 했지요. 심지어 그의 왼쪽 팔뚝에 있는 거미줄 문신까지도 퇴색해 날파리 하나 잡아내지 못할 정도였죠.

"아, 감생이 한 마리 먹었으면 좋겠다. 그냥, 뻘건 피째 씹어 조지면 살겠는데."

그는 왕왕 이렇게 혼잣말을 하며 입맛을 다시곤 했습니다. 그러

| 갯바위 사정이 좋지 않으면 가두리로 감성돔을 낚으러 가기도 한다.

| 나는 잡은 물고기를 들여다보는 버릇이 있다. 거쳐온 이력을 알고 싶은 것이다.

| 어느 날 낚은 감성돔 두 마리. 이것으로 충분히 행복했다. 물고기 길이를 재는 게 무슨 의미가 있
겠는가.

면서,

"어이, 감생이 한 마리만 좀 낚아줘, 응?"

저를 조르곤 했습니다. 전 끝내 낚아주지 못했습니다. 낚시라고 해봤자 점심때 잠깐 짬내서 일이십 분 하는 거였거든요. 그 사람은 감옥에 있을 때 가장 먹고 싶었던 게 감성돔이었답니다. 그런데 이렇게 고향 바닷가 내려와 살고 있는데도 가장 먹고 싶은 것이 감성돔이었습니다. 맛을 탐하는 입과 낚시에는 젬병인 손을 함께 가지고 있는 이들의 팔자지요 뭐.

이처럼 사람들은 감성돔을 일반 생선과는 급이 다른 존재로 여깁니다. 생김새부터가 그렇습니다. 금속 광택의 검푸른 피부에 표창을 잔뜩 꽂아놓은 것 같은 등지느러미는 근사한 전사戰士 같습니다. 살아 있는 왕관 같기도 하죠. 힘도 대단합니다. 선생님께서 낚아보셨다면 이렇게 홀대 안 하실 겁니다.

작은 게 잡혀도 잘 놔주지도 않습니다. 그런 것은 빛감생이, 살감생이 이렇게 그럴싸한 이름을 따로 붙여놓았죠. 참돔 어린 것을 상사리라고 부르는 것과는 대조적이죠.

물론 간단하게 써놓으신 이유가 짐작되기는 합니다. 우선 그 시절에는 잘 안 잡혔을 겁니다. 이 녀석은 예민함에 있어서 독보적입니다. 목줄이 눈에 보이면 바로 되돌아선다는 게 꾼들 사이에 통용되는 정설이죠.

사람들 떠드는 소리가 조금만 들려도 마찬가지입니다. (물속에서도 물 밖의 소리가 들립니다. 모르셨죠? 아, 그리고 이 녀석들은 성전환을 합니다. 성어가 되면 대부분 암컷으로 변합니다.) 요즘 어선들이 하는 자망그물에도 잘 안 걸리는데 그 당시 낚시나 그물에 얼마나 잡혔겠나 싶습니다.

또하나 있습니다. 흑산도 주민들이 별로 안 쳐주었을 겁니다.

생것으로 먹는 것을 보통 회膾라고 부릅니다. 강회 초회 육회 숙회라는 말이 있듯이 생선 외에도 육고기와 버섯, 채소류, 두루 쓰였죠. 당시 흑산도에서 회를 한다면 얇게 포를 떠서 채소와 양념에 버무렸을 겁니다. 그게 대대로 내려온 우리나라 생선회이니까요.

이 조리법은 양념 맛이 좌우를 합니다. 그리고 단맛이나 고소한 맛이 강한 생선살을 선호하는 게 보통이죠. 요즘도 전어나 서대, 가오리 따위를 그렇게 해서 즐겨 먹거든요.

감성돔은 체구에 비해 살이 없는 편입니다. 잘 잡히지 않고 살도 적은데다 맛이 자극적이지 않으니 흑산도 주민들이 고개를 저었을 겁니다. 고추냉이 간장에 살짝 찍어먹어야 느낄 수 있는 감성돔의 진미는 그러니까 요즘이나 가능한 것이죠.

아무튼 선생님께서 뭐라고 하셨던들, 저는 겨울바다로 감성돔 낚으러 갈 겁니다. 요즘처럼 추위에 몸이 오그라들 때는 이것 가지고 죽을 쑤어먹으면 아주 좋습니다. 맛도 죽이거든요. 그럼 저는 이만.

| 보양식으로 여기는 감성돔 죽. 하지만 죽은 참 어려운 요리이다.

| 감성돔 회. 무슨 설명이 더 필요하겠는가.

펭귄이
굶고 있어요

미끼로 가장 흔하게 쓰이는 게 크릴이다. 남극바다에서 해마다 수만 톤씩 잡아오는데 90프로가 낚시 미끼로 쓰인다. 남아메리카 쪽은 양식 연어 사료로 쓰려고 잡아간다. 많이 잡아오니 값도 비싸지 않다. 나도 낚시꾼으로서 비교적 값싼 크릴이 있는 게 다행이다.

1.5킬로 사각 크릴 하나면 낚시 서너 번은 나갈 수 있다. 문제는 밑밥이다. 물고기를 유인하기 위해 바다에 뿌리는 것으로 낚시꾼 한 명이 보통 7~8개 정도를 파우더에 비벼 쓴다. 욕심이 심한 사람은 그런 밑밥통을 세 개씩 들고 갯바위에 내리기도 한다. 그들이 낚시하는 모습을 보면 거의 쉬지 않고 밑밥을 뿌린다. 한 번 낚시에 30킬로 정도 크릴을 바다에 붓는 것이다. 비용도 제법 된다. 이 정도면 과욕을 지나 폭력이다.

덕분에 남극의 크릴 약 80프로가 사라졌단다. 이거 펭귄 밥이다. 펭귄뿐 아니라 물개, 수염고래도 이것 먹고 산다. 이렇게 줄어들어버렸으니 다들 배가 고프다.

솔직하게 말하면 나도 밑밥 쓸 때가 있다. 육지에서 친구들이 낚시하려고 찾아오거나 어떤 필요에 의해 꼭 낚아야만 할 때 하나나 두 개 정도 가지고 간다. 하지만 늘 찜찜하다. 주걱으로 밑밥을 뿌릴 때마다 펭귄이 내 밥, 내 밥, 하면서 우는 소리가 들리는 듯하다.

밑밥 없이 나가면 사실 잘 안 문다. 하지만 경험과 정보로 버틴다. 이를테면 (거문도 안에서) 찬물샘 방파제에서는 2월과 3월에 적잖은 벵에돔이 문다. 산란철이기 때문. 4월과 5월에는 목너머에서 볼락이 물고 등대섬 방파제에서는 혹돔이 문다. 간간이 감성돔

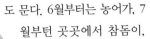

도 문다. 6월부터는 농어가, 7월부턴 곳곳에서 참돔이, 8월에는 펜치가 문다. 그리고 벵에돔은 해뜰 때와 해 지기 직전, 볼락과 농어는 밤에, 잘 문다······ 이런 식이다.

크릴은 잘 상하기로 유명하다. 죽으면 곧바로 아미노산이 흘러나온다. 스스로가 스스로에게 소화가 되어버리는데 이것이 물고기를 유혹한다. 그러기에 방부제가 들어 있다. 밑밥이 바다 환경에 미치는 나쁜 영향은 오래전부터 말 되어왔다. 생각 있는 낚시꾼들도 생각을 하고는 있지만 적극적으로 말을 하지 않는다. 그러니 자격증제를 하자, 마릿수 제한하는 법률을 만들자, 는 소리가 나오는 것이다.

섬에서는 예전에 갯바위의 굵은줄격판담치를 으깨어서 밑밥으로 썼다.

율구합栗毬蛤

성게

날카로움과 부드러움
그 극단의 맛

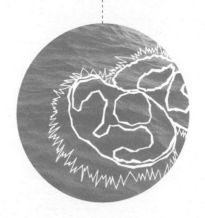

큰 것은 지름이 서너 치 정도이다.

고슴도치 같은 털 가운데 밤송이 같은 껍질이 있다.

알은 응고되지 않은 쇠기름 같고 색은 노랗다.

껍질은 검고 무르고 연하여 부서지기 쉽다.

맛은 달다. 날로 먹기도 하고 국을 끓여먹기도 한다.

성게 알이 가장 많이 차오를 때가 음력 2월부터 3월까지이다.

큰사리가 되면 바닷물 한정 없이 물러나면서 오랫동안 잠겨 있던 땅이 검푸르게 드러난다. TV 채널마다 모세의 기적이네 뭐네 호들 갑 떨어댄다. 해마다 나타나는 자연현상을 왜 기적이라고 하는지는 알 수 없지만 바야흐로 갯것을 시작하는 시기이다.

바닷가 돌을 뒤져보면 성게, 군소, 해삼, 오분자기 따위가 눈에 띈다. 한두 시간이면 며칠 반찬거리는 충분하다. 깐깐한 어촌계나 해녀들도 이 시기는 눈감아준다. 단 이런저런 종패(어린 패류. 농사로 치면 씨앗 역할이다. 전복을 뿌려놓는 경우가 많다) 뿌린 곳은 피한다.

맛이야 다들 한가락씩 하지만 고소하기로는 성게가 으뜸이다.

우리가 흔히 보는 검은색에 긴 가시가 있는 게 보라성게이고 진갈색에 짧은 가시가 있는 것은 말똥성게(『자산어보』에는 승률구僧栗毬)이다. 보라성게가 덩치가 커서 먹을 게 많을 것 같지만 말똥성게가 잡기도 쉽고 맛도 더 좋다.

칼로 자르면 내장 사이에 노란 알이 보인다. 생식소이다. 젓가락 끝부분이나 작은 티스푼으로 조심스럽게 들어낸다. 우선 혀끝에 대고 음미를 하면 고소한 맛이 입안에 퍼진다. 그 정도만 되어도 허리 굽혀 돌 뒤집은 보람이 난다. 이 녀석을 주식으로 하는 돌돔의 습성도 이해가 된다.

뜨거운 밥에 계란 노른자랑 비벼먹으면 일품이다. 국을 끓여먹기도 한다. 제주에는 "구살국(성게국)에서 인심 난다"는 말이 있다. 우리 마을은 밤살이라고 부른다. 한의에서는 성게를 '바다에서 나는 쓸개'로 보아 남자들의 강장제로 주로 썼단다. 아닌 게 아니라 우리 마을 어떤 사내, 지난밤 이거 열 개 정도 먹었는데 오늘 아침 눈빛이 달라져 있었다.

알은 소금물에 담그면 단단해진다. 하지만 시중에서 파는 것은 명반 녹인 물에 담가둔 것이기 쉽다. 때깔이 좋아지고 방부제 역할을 하기 때문. 그러니 살 때 조심해야 한다.

성게는 삶아먹는 것도 한 방법이다. 알을 파내기가 쉽다. 기름진 날것 때문에 간혹 생기는 배탈 염려도 없어진다.

가을에도 알이 차기는 하는데 이른 봄철만 못하다. 우선 두어 개

깨보고 알이 차 있지 않으면 잡지 않는 게 좋다. 다른 것도 마찬가지라는 소리.

그런데 『자산어보』에는 말똥성게에 대해 이렇게 덧붙여져 있다.

밤송이 조개에 비하여 털이 짧고 가늘고 빛깔은 노랗다는 게 다르다. 창대昌大(장덕순이라는 사람으로 손암 선생에게 흑산도 물산에 대하여 도움말을 준 이) 말에 의하면 지난달 이 조개를 보았는데 입속에서 새가 나왔다고 한다. 머리와 부리가 이미 형성되어 있었으며 머리에 이끼 같은 털이 달려 있었다. 죽은 것인가 해서 만져보니 움직이는 것이 평일과 다를 바 없었다. 껍데기 속의 모양은 보지 않았으나 이것이 변해 파랑새가 된 것이다. 새로 변한다고 사람들이 흔히 말하는 율구조栗逑鳥가 이것이라고 한다.

오호라, 파랑새는 그렇게 해서 세상에 나온 것이었구나. 그 예쁘고 귀하고 상서롭다는 새의 본적이 성게 뱃속이었다니. 비과학적이라고? 손암 선생은 갯장어에 대한 설명 중에도 "보통 석굴 같은 데서 무리지어 뱀으로 변한다고 하나 아직 확인해보지는 못했다"고 하신 바 있다.

현재까지 알려진 물고기는 대략 2만 5천 종이다. 매년 100여 종이 새롭게 발견된다. 우리가 알지 못하는 게 얼마나 많을 것이며 내일 당장 입이 떡 벌어질 기상천외한 종種이 나타날지 누가 알겠는

│ 왼쪽이 말똥성게, 오른쪽이 보라성게이다.

| 암컷이 품고 있는 노란 알덩어리들. 흰 생식소가 있는 것은 수컷이다.

| 성게알 비빔밥. 누군가의 지극한 정성이 있어야 먹을 수 있다.

가. 그러니 실사구시의 실학자가 이런 인용을 했다고 탓할 일은 아니다.

바다도 푸르고 하늘도 푸르다. 둘은 참으로 닮아 있어, 큰 바다에 나가보면, 서로 거울을 들여다보고 있는 것만 같다. 특히 대양을 가로지르다보면 동그란 푸른 원 안에 우리 배 한 척만 지나가는 경우가 있다. 인도양에서도, 지중해와 대서양에서도 그랬다. 푸른 세상. 배 한 척. 배가 만들어놓은 흰 흔적. 딱 세 개뿐이다.

하늘과 바다는 서로가 서로를 비추고 있다. 그러면 내가 바다를 가르는지 하늘을 가르는지 분간이 안 된다. 둘이 하나 같으니 파랑새가 어디에서 나왔는지는 시빗거리가 못 된다.

성게는 바닷속 바닥을 기어다닌다. 성게 입장에서 보면 저 위에서 물결을 타고 자유롭게 헤엄치는 것은 물고기가 아니라 새이다. 날치가 허공을 꿈꾸듯, 그들도 이륙을 인생 목표로 삼았으리라. 수백 개의 다리를 가지고도 시속 2미터 이동속도가 괴로웠으리라. 애벌레가 꿈틀꿈틀 쉬지 않고 나뭇가지를 오르는 것은 창공으로의 비행이 약속되어 있기 때문.

마침내 파랑새로 변하는 성게. 그래, 날치를 처음 보았을 때, 새는 원래 물고기고 물고기는 처음에는 새였다고 생각한 내 판단은 옳은 것일지도 모른다. 그래서 믿는다. 어렸을 때부터 숱하게 보고 먹었지만 한 번도 파랑새로 변하는 것을 못 보았던 것은 단지 내가 운이 없었던 것이다.

어부의 존재는 바다 위에서 증명된다. 그러기에 그들은 어제처럼 오늘도 바다로 간다.

음력 1일이나 15일이 사리이다. 이때 바닷가로 가보면 이 비밀스러운 변신의 현장을 볼지도 모른다.

검어黔魚

우럭

세 식구 머리 맞대고
꼬리뼈까지 쭉쭉 빨아먹는 맛

머리 입 눈이 모두 크고 몸이 둥글다.
비늘은 잘고 등이 검다.
살은 약간 단단하고 사철 볼 수 있다.
언제나 돌 틈에서 살기에 멀리 헤엄쳐 가지 않는다.

내가 낚시꾼의 집념을 맨 처음 본 게 여덟 살 때였다.

치끝은 내가 살던 마을 왼편 바닷가를 가리키는 지명인데 썰물이 되면 갯바위가 길게 드러나는 곳이었다. 수심이 얕아서 지나가던 배의 치가 자주 닿는다고 해서 생긴 이름이다. 치는 프로펠러 뒤쪽에 있는 나무판으로 배가 좌우로 회전할 수 있도록 해주는 부분이다. 섬의 지명은 이렇게 즉흥적이다.

치끝은 어른들에게는 갯것하는 장소가 되고 아이들에게는 놀이터였다. 돌돔 편에서 말한 대로 내가 맨 처음 낚시를 시작한 곳이 이곳이었다. 두 뼘 막대기에 봉돌과 바늘 하나 묶은 거로 갯돌 틈에서 베도라치를 낚은 거였다.

어느 날 친구 형이 낚시를 하고 있었다. 낚싯대는 뒷산 대나무로 만든, 두 팔 길이 정도였다. 밀려났던 물이 다시 들어오고 해가 떨어지며 노을이 들기 시작했다. 갯것하던 아낙들이 하나둘 양동이 이고 집으로 돌아갔다.

그 형은 무릎 깊이까지 물이 밀려오는데도 물러서지 않고 낚시를 계속했다. 나는 채비를 정리한 다음 그 모습을 지켜봤다. 그가 갈 때 같이 가려고 했던 것이라 치끝에는 우리 두 사람만 남아 있었다.

이미 여러 마리의 고기를 낚아냈는데도 만족하지 못하고 그는 낚싯대 끝만 노려보고 있었다. 이러다가 곧 어두워지고 말겠다 싶었을 때 뭐라고 소리를 지르며 낚싯대를 잡아챘는데 그만 우지끈 부러지고 말았다. 그는 앞뒤 볼 것 없이 물로 뛰어들었고 필사적으로 첨벙거리면서 낚싯줄을 팔에 둘둘 감았다. 미끄러지기도 하고 알아들을 수 없는 비명을 질러대기도 하다가 마침내 보듬다시피 잡아올린 것은 어른 팔뚝만한 우럭이었다.

나는 외마디 탄성을 질렀고 그는 해초 더미 잔뜩 붙인 채 헤벌쭉 웃었다. 그 형은 손가락이 심하게 굽은 불편한 몸이었으며 고작해야 5학년이었다. 그가 낚시에 매달린 이유는 그 집에서 유일하게 동물성 단백질을 구해오는 사람이었기 때문이었다. 친구의 가족은 형과 늙은 할머니, 단둘이었다. 아버지는 먼바다로 나가 잘 돌아오지 않았고 어머니는 가족을 외면하고 떠나버렸던 것이다.

그렇게 큰 것을 잡다니…… 낚시라는 게 물속까지 뛰어들어야 하

| 구멍치기로 낚은 우럭. 두 마리만 넣어도 보통 크기 냄비가 가득 찰 크기였다.

| 함께 사진 찍은 다음, 그것을 먹어버리는 존재는 사람밖에 없을 것이다.

는 거였다니…… 내가 낚은 베도라치는 고기도 아니구나…… 그런 생각이 꼬리를 물고 빙빙 돌아서 쉬 잠들지 못했다.

다음날 가보니 세 식구 머리를 맞대고 우럭 꼬리뼈까지 쭉쭉 빨아먹고 있었다. 그들은 그렇게 잡은 생선과 고구마와 간혹 나오는 밀가루 배급으로만 살았다. 텃밭에는 우럭 뼈와 고구마 껍질만 수북했다.

심지어 겨울철 가오리연을 만들 때도 접착제로 고구마를 썼다. 연 살대를 붙일 때는 밥을 한 숟가락 종이에 싸고는 푹 찔러 통과시킨 다음 창호지에 붙이고 종이를 덧댄다. 그런데 그 집은 그럴 밥알이 없었던 것이다.

형의 그런 모습은 날마다 되풀이되었다. 바닷가로 나가 먹을 수 있는 것은 무어든 한 움큼씩은 꼭 움켜쥐고 돌아왔다. 그에 비해 내 친구는 말썽만 부리는 개구쟁이였다. 무조건 뛰었고 같이 노는 것보다 울리는 것을 택했으며 말하는 것보다는 악쓰는 것을 좋아했다. 칠판에 제 이름 쓰기를 할 때도 네모판 가득 거대하게 써놓아야 직성이 풀렸다.

어머니에 대한 그리움과 원망이 그렇게 만들어버린 거였다. 그는 갈수록 눈의 열기가 더욱 뜨거워지고 충동의 위험도 높아갔다. 웃고 까불어도 쓸쓸한 기운이 늘 주위를 맴돌았다. 폭발과 절제 가운데서 그는 방황했다. 그리고 소식이 끊어졌다.

우럭은 흔한 어종에 속한다.

낚시 좀 다닌 사람은 여러 마리 낚아보았을 것이다. 서남해안에서는 선상 우럭 낚시가 있다. 낚싯배로 침선沈船이나 어초 포인트를 찾아가는 것이다. 하지만 이거, 돈 제법 든다. 낚시 자체는 어려울 것 없는데 몇 시간씩 배 타는 것이 일이다.

이때 만만한 게 구멍치기이다. 방파제에 가면 테트라포드가 있다. 파도를 분산시키기 위해 만들어놓은 것으로 삼발이, 또는 호바라고도 부른다. 이 테트라포드 사이 구멍에서 의외로 우럭이 잘 문다.

갯지렁이나 크릴을 쓰는데 살아 있는 미꾸라지를 달면 효과가 좋다. 고등어나 전갱이 살을 쓰기도 한다. 고패질을 해주어 미끼가 살아 있는 것처럼 하는 게 중요하다. 고패질이란 채비를 조금씩 올렸다 내렸다 하는 것을 말한다.

그런데 구멍치기의 맹점은 밑걸림이 심하다는 것이다. 잘 걸리니까 채비는 아주 간단하게 한다. 봉돌과 한 뼘 정도의 목줄, 낚싯바늘이면 된다. 바늘은 5호 이상 큰 것을 쓴다. 운이 좋으면 1킬로짜리도 나온다.

가능하다면 가두리 양식장에서 낚시를 해보는 것도 재미다. 물론 고기 키우는 칸에 넣어서 낚으라는 말은 아니다. 늘 사료를 주기 때문에 주변에 고기가 잘 모인다. 가두리를 탈출한 우럭도 제법 돌아다닌다.

| 구멍치기 하고 있는 마을 주민

| 구멍치기는 이렇게 테트라포드 사이로 채비를 넣어서 한다.

| 우럭 회와 구이, 그리고 매운탕

우럭에 대한 음식은 따로 말할 필요 없겠다. 우럭회나 매운탕 한 번 안 먹어본 사람 없을 터이니 말이다. 섬에서는 꾸덕꾸덕 말려 구 워먹기도 한다.

아, 친구.

내가 그 친구를 다시 만난 것은 오랜만에 열린 동창회에서였다. 그는 긴 길을 돌아왔다. 동원산업 오징어배 살롱보이로 오대양 돌 아다니다가 조리장이 되었고 근자에는 선박기계 수리, 유지하는 외 국계 회사 엔지니어로 근무하며 역시나 전 세계를 제집 작은방처럼 돌아다니고 있다는 게 그동안 이력이었다. 그는 변해 있었다. 열기 로 번들거렸던 눈은 수평선을 닮아 있었고 행동거지와 말투가 부드 러워져 있었다. 바람의 세월을 보내면서 아름답게 삭은 것이다.

형의 안부를 물었고 삶이 곤궁한데다 그나마 자주 못 본다는 대 답을 들었다. 나는 오래전에 보았던, 어린 가장의 집념 어린 낚시에

| 간혹 후배 가두리로 우럭을 낚으러 간다. 가두리를 지키고 있는 개는 이름이 금선이다.

대해 말했다. 한동안 듣던 그는 눈 들어 40년 저쪽을 물끄러미 바라다보았다. 그리고 조만간 형에게 식사대접을 하겠다고 답을 했다.

| 사람들은 나에게 묻는다. 당신에게 바다는 무엇인가. 아직도 나는 그 답을 찾고 있는 중이다.

우럭 가시 조심!

우럭의 정식 명칭은 조피볼락이다. 볼락은 이 녀석들 외에도 도화 볼락, 개볼락, 누루시볼락 등 종류가 많다. 다른 경골어류 들도 그렇지만 특히 이 녀석 들은 새개부(아가미를 덮고 있 는 껍질 부분. 눈과 가슴지느러미 사이) 끝에 난 세 개의 가시가 유난 히 강하고 날카롭다. 멋모르고 손으로 잡 다보면 십중팔구 찔리게 된다. 이런 종류의 물고기는 입속으로 손 가락을 넣어 잡으면 안전하다. 애들처럼 이빨이 거의 없고 입이 큰 놈들만 그렇다는 것이다. 예를 들어 광어 입속에 손가락 넣으면 큰일난다.

검돈黔魨

검복

기사회생을 노리며
먹는 맛

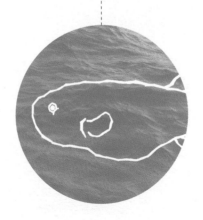

큰 놈은 두세 자 정도 되고 몸은 둥글며 짧다. 입이 작다.
이빨은 아주 단단하고 고르다.
화가 나면 배가 부풀어오르며 이빨을 바득바득 가는 소리를 낸다.
맛은 달콤하며 다른 돈어魨魚(복어)에 비해 독이 적다.
잘 삶아서 기름을 쳐먹는다.

내륙에 살 때였다. 자주 가던 시장 깊숙한 곳에 새로 문을 연 식당이 있었다. 전라도 출신으로 경상도로 시집갔다가 남편을 여읜 여자가 친정도, 시댁도 아닌 곳에서 장사를 시작한 것이다. 메뉴는 두 가지, 해장국과 복어매운탕이었다. 그중 복국은 양도 넉넉하고 콩나물도 따로 버무려주어서 나한테 인기가 좋았다. 하지만 사람들은 그렇지 않았다.

사실 시장통은 복국 팔기에 적당한 곳이 아니다. 해장국 먹으러 온 취객들이 종종 시비를 걸어오기 때문이다. 저들끼리 할말 바닥난 그들은 복어 조리 자격증이 왜 안 보이냐, 불안해서 공짜로 준다 해도 싫다, 저 사람 잘못되면 책임질 거냐, 하며 잘 먹고 있는 내 걱

정까지 쓸데없이 해주었다(내 기억에도 그녀는 일반 조리사 자격증만 가지고 있었다).

들다 못한 내가 양식 복어는 독이 아예 없다고 가로막았지만 그들은 듣지 않았다. 심심한데 잘 걸렸다는 투였다. 시달리다 못한 아주머니는 울상이 되어서 대답했다.

"나도 알아요. 그래서 우리 딸하고 아들하고 같이 복국 백 그릇을 끓여먹었어요. 백 그릇 다 채우고도 아무런 탈이 없어서 개업했어요."

복어는 '맛있다'와 '위험하다'가 팽팽하게 맞서는, 양극단의 모순을 가진 어류다. 복어 독毒인 테트로도톡신은 독 중의 독이라는 소리를 듣는다. 다른 독을 모두 물리쳐낸다고 한다. 그래서 노인이 대나무 낚싯대로 졸복 낚고 있는 풍경이 만들어진다. 거룩한 한시漢詩 한 편 같지만 평생 술로 살아왔다는 소리이다.

다음날 앉은뱅이 냄비에 끓여놓고 먹고 있는 모습을 보자면 음식을 먹고 있다는 것보다는 인생 막판에 기사회생, 승부수를 던지고 있다는 느낌이다. 같이 좀 먹읍시다, 하면 잘못하면 죽는다, 대답한다. 죽을지도 모르면서 잡쉈요? 물어보면 이렇게 또 대답한다. 살려고 먹는다.

나도 비슷한 이유로 복어를 먹어야겠다고 생각한 적이 있다. 독한 것을 좀 먹어서 몸속에 쌓인 나쁜 기운을 빼야겠다는, 돌팔이

| 졸복과 복섬. 가장 흔한 녀석들이다.

처방을 스스로 내린 것이다.

낚시를 하다보면 복섬이 잘 잡힌다. 우리가 흔히 졸복이라고 부르는 것으로 암녹색 등에 흰 점이 박힌 녀석이다. 실제 졸복은 황갈색 바탕에 흑갈색 반점이 있다. 모두 참복과이다. 이 녀석들은 봄철에 산란을 하는데 좀 요란스럽다. 만조가 되었을 때 갯바위 가장자리에서 수십 마리씩 떼를 지어 몸을 털어댄다. 느닷없이 갯바위 옆에서 튀김을 하듯, 물이 튀고 난리가 나면 이 녀석들이다.

낚시 가서 비교적 큰 놈을 몇 마리 낚아왔다. 보아둔 대로 등쪽으로 칼을 넣어 벌린 다음 내장을 뽑아내고 눈을 파내고 피를 씻어냈다. 그리고 찬물에 담가놓았다가 돌미나리 뜯어와 탕을 끓였다.

생선 요리에 미나리가 자주 쓰인다. 바다생물 잘못 먹었을 때 기본적인 해독작용을 하기 때문이다. 이제 먹을 시간. 누가 놀러왔다면 먼저 먹여볼 텐데 아무도 찾아오지 않아 그럴 수도 없었다. 우선 한 모금 먹고 걸어다녔다. 별 이상이 없어서 반 그릇 정도 먹고 다시 기다려보았다. 탈은 없는데 너무 오랫동안 담가놓아서 그런지 맛이 없었다.

복어 중독은 간혹 뉴스에 나온다. 전문가의 손을 거쳤는가, 아닌가가 우선이겠지만 복어 중독은 그날 운運과도 관련이 있다. 같은 자리에서 잡은 같은 종류라 해도 독이 똑같이 들어 있지 않기 때문이다. 탈이 나는 사람과 그렇지 않은 사람으로 나뉜다.

| 나를 노팬티로 만든 별복. 이 녀석도 결국 누군가의 뱃속으로 들어갔다.

태어날 때부터 독을 지니는 것은 아니라는 것이다. 그래서 살모
사와는 다르다. 먹이 때문이라고 추측한다. 여름밤 독나방이 바다
에 떨어지면 복어가 채 먹더라고, 어떤 사람이 증언하기도 했지만
자세한 것은 알 수 없다. 이마에 '독 있음'이라고 써놓으면 좋겠는데
그런 녀석은 아직 한 마리도 못 봤다.

우리 섬에서도 예전부터 종종 중독 사건이 있었다. 조용하던 마
을에 때아닌 꽹과리와 징 소리가 들린다면 십중팔구 중독된 사람
이 생겼다는 뜻이었다. 잠을 재워선 안 되므로 시끄럽게 끌고 다니
며 해독되기를 기다렸던 것이다.

예전에 나도 가볍게 중독된 적이 있었다. 서울에서 친척과 복지

| 검복. 여름철 갈치배가 낚아온 것이다.

리를 먹고 운전하며 내려왔는데 이상한 기분이 들었다. 졸음이 오는
데 보통의 졸음과는 달랐다. 혀끝에서 미세한 마비가 오는 것 같고
잠보다는 망각의 세계 속으로 조금씩 빨려들어가는 것 같았다.

아무튼 중독으로 가셨거나 거의 가셨다가 되돌아온 사람 중에는
복어 전문가를 자처하는 이들이 상당수 끼어 있다. 아마 그들은 복
어 맛의 묘미를 극단까지 밀고 갔을 것이다. 가지를 해독용으로 써
왔지만(겨울에는 말려놓은 잎을 썼다) 본격적인 중독에는 효과가 없는
지, 그나마 그것 덕분에 그만한지는 잘 모르겠다. 아무튼, 행복 속
에 파탄의 씨앗이 박혀 있다는 진리가 음식에도 통용되는 듯하다.

『자산어보』에는 일곱 종류의 복어가 나온다. 검복은 맛이 뛰어난

데다가 복어에 대한 보편적인 묘사가 들어 있어서 이 녀석을 인용했다. 먼바다 낚시나 어장에 간혹 잡히는 종이다. 어판장에 이게 보이면 술꾼들은 서로 속닥인다. 얼마에 사서 어디에서 끓일까를 의논하는 것이다.

노팬티 된 사연

좀 민망하게도, 재작년 여름 나는 낚시를 갔다 하면 노팬티로 돌아오곤 했다. 이렇게 된 사연이다.

낚시를 하는데 아무런 기척도 없이 목줄이 끊어지곤 하다가 나중에는 원줄도 허무하게 잘려나가버리는 것이다. 낚싯대만 힘없이 흔들리고 찌는 저만치 둥둥 떠내려갔다. 누군가 바닷속에서 가위를 들고 있는 것만 같았다. 찌 하나만으로도 얼추 돈 만 원은 되기에 결국 수영을 해서 건져오게 됐다. 지나가는 사람은 웬 사내가 바위 위에 팬티를 널어놓고 낚시하고 있는 풍경을 보았을 것이다. 여러 날 그랬다.

낚아올려보니 커다란 복어. 잔가시와 흰 반점이 총총한, 처음 본 놈이었다. 마을 노인들도 본 적이 없다며 고개를 저었다. 한 시절 갯바위 이곳저곳에서 나처럼 탄식하는 꾼들, 아주 많았다.

사진을 찍어 한국해양연구원 명정구 박사께 보냈더니 '별복'이라는 답이 왔다. 이름도 처음 들어보았다. 마을에서 끓여먹어봤다는 이가 몇몇 있었는데 절반 정도는 별로라 하고 나머지는 그래도 먹을 만하더라고 했다.

복국집 아주머니는
어디로 갔을까?

시장통 복국집 이야기를 뒷날 모
월간지에 산문으로 썼다. 책
이 나가고 얼마 되지 않아
편집자에게서 전화가 왔
다. 독자들이 그 복집이
어디에 있는지 알려달라고
성화라는 것이다. 하지만 그
사이 아주머니는 결국 다른 곳
으로 옮겨가고 말았다. 지금도 셔터
내려진 그 집 앞의 서운함이 잊히지 않는다.

　더 뒷날, 그 식당엘 함께 가곤 했던 이정록 시인이 시내 저쪽 어
디선가 아주머니를 봤다고 연락해왔다. 새로 식당을 열긴 했는데
전세금이 부족해서 거기가 거기이며 몇몇 다른 메뉴에 복도 여
전히 팔고는 있지만 장사는 영 형편없더라고 전해왔다. 이런 사람
은 돈 못 버는 곳이 우리나라이다.

토의채 土衣菜

톳

때를 기다리는
가난한 백성의 맛

한 뿌리에서 한 줄기가 난다.
잎은 금은화의 꽃망울을 닮아 가운데는 가늘고
끝은 두툼한데 속이 비어 있다. 맛은 담담하고 산뜻하다.
삶아먹으면 좋다.

우리 어렸을 때 대부분 가난했다. 그러면서도 앞 세대의 가난 이야기를 귀 아프게 듣고 컸다. 들은 바로는 혹독했다. 가장 흔했던 게 소나무 속껍질 벗겨 먹었다는 것이다. 누구네 며느리가 덜 우린 송피를 먹고 산처럼 부어올랐는데 지금의 몸매가 그때 만들어진 거라고도 하고 옆 마을 어떤 가족은 칡뿌리만 갉아먹은 탓에 대대로 이가 성하지 못하다고도 했다. 고구마와 간장 하나로 겨울 났다는 증언은 흔한 편에 속했다.

지금도 종종 내가 더 힘들게 살았다고 말하는 이들이 있다. 가난하게 큰 게 훈장처럼 쓰이는 경우다. 부자는 부끄러운 것, 공식이랄까. 가난을 이기고 이렇게 훌륭하게 살아남았다는, 인간 승리의 표

현이지만 우리나라 부자들이 계속 욕을 먹고 있다는 사실과도 무관하지 않아 보인다.

아무튼 나는 예전의 굶주림이 이해되지 않았다. 그 시절은 생선이 흔했다. 마을 앞 축항에서도 이런저런 물고기를 충분히 낚아낼 수 있었으니까. 그래서 물었다.

"왜 소나무 껍질을 먹어요? 고기 낚아 먹으면 되잖아요."

그때 한 어른의 대답.

"끼마다 그것을 어떻게 먹겠냐. 사람은 모름지기 곡기가 들어가야 살지."

아, 곡기穀氣. 결국은 그거였다. 생각해보니 맞는 말이었다.

우리 섬 학교에서는 주기적으로 배급이 나왔다. 우유와 건빵. 우리들은 어쩌다 나오는 우유 배급을 더 좋아했다. 그것이 나오면 다들 가루를 핥고 다녀서 입가에 하얀 침자국이 가실 날 없었다. 우유 가루는 물에 갠 다음 구워 딱딱한 과자로 만들 수도 있었다.

건빵 배급날이면 마대자루를 하나씩 들고 등교를 했다. 결석하는 아이는 한 명도 없었다. 하교 시간에 선생님이 다섯 바가지씩 퍼주면 아이들은 상장이라도 받은 것처럼 의기양양 자루를 메고 고개 넘어 집으로 갔다. 건빵은 어른들에게 인기가 좋았다. 밭일 가는 사람들이 점심으로, 물일 가는 해녀들이 간식으로 그것을 가져갔다.

"야들아, 언제 건빵 배급 나온다고 안 하던?"

골목에서 만나면 꼭꼭 물어보던 동네 할머니도 있었다. 어른들이 이 심심한 건빵을 왜 좋아하는지 잘 몰랐는데 그것은 곡기였기 때문이었다.

겨울이 깊어지면 집집마다 곡식이 바닥을 드러냈다. 보리가 패려면 한참이나 더 기다려야 했다. 그때 톳을 뜯어다가 밥을 해먹었다. 구황식품으로 으뜸이었다.

톳밥은 톳 줄기로 만든다. 톳이 자라나면 제법 크다. 그것을 데쳐 말리면 잎이 떨어지고 줄기만 남는다. 줄기를 잘게 잘라 쌀이나 보리를 넣고 만든다. 약간의 쌀이나 보리로도 몇 사람분을 만들 수 있었다.

그런 이유 때문에 섬 음식은 탕이 발달했다. 곡식을 아낄 수 있기 때문이다. 예를 들어 귀보시탕이라는 게 있다. 귀보시는 목이버섯이다. 귀처럼 생긴, 짬뽕에 한두 개 들어 있는 얇은 버섯이 그것이다. 그것을 말렸다가 물에 불린 다음 전분가루를 풀어 만든다.

홍합, 문어, 삿갓조개, 미역, 거북손, 하여간 그때그때 나는 것이 모두 탕의 재료가 된다. 전분이 들어가 걸쭉하게 변하면서 부피가 늘기에 식사 대용으로 쓰였다. 지금도 제사나 차례상에 꼭 올라가고 별미로, 버릇으로 해먹는다.

톳밥은 이제 해먹지 않지만 톳나물은 지금도 집집마다 상에 오른다. 톳나물은 자라기 전 여린 것으로 만든다. 된장이 주요 양념이며

| 갯바위에서 수북이 자라는 톳. 하지만 마을에서 채취권을 팔아버리면 쉽게 먹을 수 없다.

| 목이버섯은 여러 요리에 쓰이므로 보이는 대로 따서 말려놓는다.

젓국장 조금, 고추장과 식초, 설탕은 기호에 따라 넣는다. 요즘은 매실을 넣기도 한다. 씹히는 질감이 좋고 손암 선생의 설명대로 맛이 상큼하다. 톳나물에 밥 비벼 먹으면 시원한 바다 기운이 몸속으로 들어오는 것 같다.

자라버린 톳은 삶고 말린 다음 자루에 넣고 바람 잘 통하는 곳에 숙성시킨다. 다시 삶아 물에 여러 날 담가두면 통통 불어나는데 그것을 가지고 무쳐먹는다.

사슴 꼬리와 비슷하여 녹미채라고도 부르는 톳은 오래 먹으면 이와 머리카락이 아주 좋아진다. 산모가 먹으면 아이의 뼈가 튼튼해

| 한겨울 어린 톳일 때 주로 먹는다. 그 시기가 지나면 질겨진다.

진다. 산성화된 몸을 알칼리성으로 바꿔주기도 하는데 예전에는 살아남기 위해 먹었던 것을 요즘은 건강식으로 먹으니 세월 참 많이 갔다.

전반적으로 부유해진 것이다. 그런데 사람들은 부유해졌다는 것을 못 느끼는 모양이다. 이유 없이 불안하고 공연히 안달내고 가만히 있으면 손해 본다고 생각한다. 얼굴에서 웃음이 사라졌다는 게 증거이다. 스스로 웃을 능력이 사라져버려 개그와 예능 프로에 눈박고 있는지도 모를 일이다.

소접小鰈

가자미

계절을
씹는 맛

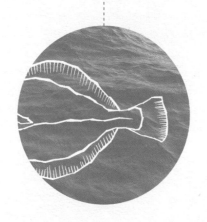

큰 놈은 두 자 정도이다. 모양은 광어를 닮았으나 더 넓고 두껍다.
등에는 점이 흩어져 있다.
점이 없는 놈도 있다.
『역어유해』에서는 이것을 경자어鏡子魚라고 했다.

여자는 겨울 내내 육지로 나가는 여객선을 바라보았다. 그것은 그 기간 동안 사내와 사이가 좋지 않았다는 소리이다. 이번 겨울은 날씨가 유난히 거칠었다. 사내는 일주일에 하루 정도 삼치 낚시를 나가고 대부분의 시간을 집에서 빈둥거렸다. 남녀가 종일 방구석에만 있으면 잔소리하게 되고 마침내 목소리도 높아지기 마련이다. TV 채널 때문에도 싸우게 된다.

짜증이 나서 밖으로 나오면 차가운 북서계절풍이 목덜미를 파고들었다. 바람이 파도를 할퀴고 있는 바다는 모가지가 하얗게 꺾인 물보라만 가득했다. 바라보는 것만으로도 부르르 몸서리가 났다. 북쪽 바다에서 남쪽 바다까지 다 그랬다. 이보다 더 을씨년스럽고

스산한 곳은 없을 거라고 여자는 생각했다.

걸어서 오 분이면 마을이 끝나기에 마실 다닐 곳도 마땅찮았다. 쇼핑센터, 문화센터, 극장, 서점, 이런 거 전혀 없다. 목욕탕도 없다. 길에서 스치는 이들도 모두 목을 움츠리고 다녔다.

지루한 낮을 간신히 보내면 길고 긴 밤이 왔다. 저녁마다 사내는 말 들어줄 귀를 동냥하러 나갔다가 취해 돌아왔다. 섬은 몇 명의 친구들이 서로를 찾아 빙빙 도는 것으로 겨울나는 곳이라는 것을 여자는 알게 되었다. 곯아떨어진 사내를 보며, 저런 것을 따라 이런 곳으로 들어온 내가 미쳤지, 탄식을 되풀이했다.

손톱만큼 남아 있던 참을성이 바닥을 드러내자 기다리던 봄이 왔다. 여자는 육지로 가겠다고 선언했다. 화들짝 놀란 사내가 어르고 말리고 빌었으나 그럴수록 결심은 더 굳건해졌다. 그때 친구가 집 밖에서 그를 불렀다.

"어제 도다리 물었단다. 같이 도다리나 낚으러 가자."

사내는 가방 꺼내는 여자를 노려보다가 욱해서 한마디 내뱉고 집을 나섰다.

"그래, 시원하게 가버려라."

그리고 낚시하다가 육지로 나가는 여객선을 보았다. 이렇게 가버리는 여자는 절대 돌아오지 않는다는 것을 그는 주변의 경험으로 알고 있었다. 우울하고 막막했다.

그러나 저녁에 돌아왔을 때 여자는 집에 있었다.

| 풍랑이 일면 이곳으로 피항을 오는 배들이 많다. 잠시 땅을 밟아볼 수 있는 시간이기도 하다.

| 가두리에서 낚은 광어. 이곳은 광어 양식을 안 하기에 모두 자연산이다.

"아, 가겠다며? 가겠다고 큰소리쳐놓고 왜 안 갔어?"

여자가 대답했다.

"도다리는 먹고 가려고."

도다리는 가자미, 넙치와 더불어 사람들이 헷갈려하는 물고기이다. 셋 다 가자미류이다. 이 가자미류는 종류가 워낙 많아 500종이 넘는다. 자, 구분해보자. 넙치는 광어이다. 가자미는 가자미다. 참가자미, 용가자미, 줄가자미, 범가자미, 돌가자미 등이 있다. 이중에서 우리와 가장 친숙한 돌가자미를 도다리라 부른다. 생김새 비슷하다 보니 다른 가자미도 그냥 도다리라 한다. 그러니까 여기에서 말하는 도다리는 가자미이다. 진짜 도다리는 먼바다에서 잡힌다.

또하나 헷갈리는 것. 광어와 도다리. 이 둘을 구분할 때 '우도좌광' '좌도우광' 소리들 한다. 눈이 어느 쪽에 있는가, 로 구분하는 것이다.

하지만 어디에서 보느냐에 따라 달라진다. 물고기를 정면에서 봤을 때는 우도좌광이다. 눈이 오른쪽에 있으면 도다리, 왼쪽에 있으면 광어이다. 반대로 뒤쪽에서 내려다본다면 좌도우광이다. 언젠가 낚시채널에서 낚시대회를 열었다. 한 사람이 도다리를 낚아왔다. 심판관이 도다리 정면에 서서 "좌도우광이니까 이것은 광어"라고 말한 적이 있다.

그런데 동해안에서 잡히는 강도다리는 광어처럼 눈이 왼쪽에 있

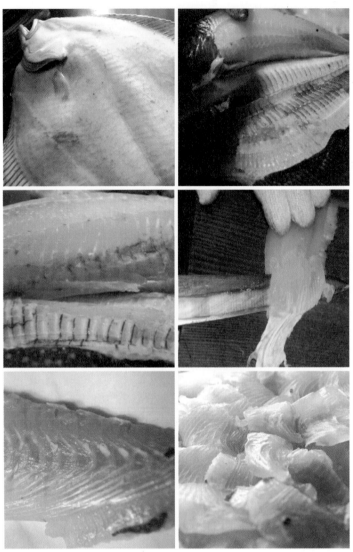

| 온도다리. 이 녀석은 껍질이 두 개여서 회 뜨기가 까다롭다. 만나기 힘든 녀석이라 맛 한번 보기도
어렵다.

다. 노랑 바탕 지느러미에 검정 줄무늬가 있는 녀석이다. 정작 광어
는 어릴 때는 눈이 양쪽에 있다가 크면서 왼쪽으로 몰린다. 참나,
왜들 이러는지는 모르겠지만 이 강도다리는 대량 인공 종묘 생산에
성공한 놈들이기도 하다.

'봄도다리 가을전어'라는 말이 있듯이 봄철 도다리는 맛이 일품
이다. 회도 좋고 국이나 찌개, 구이 다 맛있다. 그래서 봄이면 가까
운 바다로 도다리 낚으러 가는 낚싯배들이 많다. 편대채비(좌우 벌린
채비로 목줄 엉킴이 없다)로 고패질을 하면서 낚는다.

모래밭이나 모래와 펄이 뒤섞여 있는 곳이면 원투로도 낚을 수
있다. 미끼를 워낙 잘 삼키기에 던져놓고 다른 짓 하다가 와보면 물
어 있기도 하다. 자리가 괜찮으면 두세 개씩 던져놓기도 한다.

이곳 거문도에서는 '딱괴이'라고 부른다. 괴이는 고기의 이쪽 지
방 말. 바닥에 딱 달라붙어 있어서 그렇게 지어진 이름으로 보인다.
하지만 펄이 별로 없어 많이 나지는 않는다.

사내는 오늘도 도다리 낚으러 나갔다. 여자는 아직 집에 있다.

섬마을 사랑

섬은 연애하기가, 그래서 결혼하기도 쉽지 않은 곳이다. 사내들은 충분한데 여자는 기근이기 때문이다. 세상에서 가장 아름다운 섬을 뽑는다면 첫째 조건으로 여자들이 살고 싶어하는 곳일 것이다. 섬으로 시집온 여자들이 가장 힘들어하는 때가 겨울이다. 스산한 풍경 속에 있다보면 마음도 스산해진다. 넉넉한 집이면 모를까, 기름값이 만만찮아 보일러도 마음 놓고 돌리지 못한다.

사랑을 꿈꾸는 자, 육지로 나간다. 가서 친구의 소개를 받기도 하지만 섬에 살고 있다는 이유 하나만으로 퇴짜 맞기 일쑤다. 섬 사내와의 사랑을 꿈꾸는 여자, 정말 드물다. 어찌어찌해서 연애를 하고 같이 살아도 주기적으로 이별 소식이 들린다. 그러면 바다 저쪽을 막연히 바라보는 사내들이 바닷가에 등장한다.

대신 육지 사람들은 사랑을 꿈꾸며 섬으로 온다. 사랑에 빠진 남녀가 들어오기도 하고 이곳에 와서 눈이 맞곤 한다. 갯바위를 걷다보면 사뭇 진지한 모습으로, 또는 애잔하거나 에로틱한 포즈로 해 지는 밤바다 바라보는 이들도 있다.

사랑해서 맺어졌다면 이제 싸울 차례다. 부부관계란 처음에는 사내가, 나중에는 아낙이 큰소리치는 과정을 말한다. 그래서 섬 사내들, 싸움이 커지겠다 싶으면 배 몰고 바다로 나가버린다. 아내도 배 몰고 나가는 것은 용납한다. 어부에게 바다란 무언가를 벌어들이는 대상이기 때문이다. 싸움은 사그라지고 생선이 생긴다.

해삼海蔘

해삼

약통을
통째로 씹는 맛

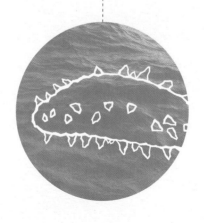

참외와 같다. 온몸에 세유細乳가 있다.
한쪽에 입이 있고 또다른 쪽에 항문이 있다.
장腸은 닭과 같고 껍질이 아주 연하여 잡아올리면 끊어진다.
헤엄을 못 치고 행동도 매우 둔하다. 빛깔은 새까맣고 살은 검푸르다.

세유는 작은 돌기를 뜻한다.

보양제와 관련하여 떠돌아다니는 말에 '바다엔 해삼, 육지엔 산삼, 하늘엔 비삼'이 있다. 듣기로 비삼은 까마귀라고 한다던데 그러거나 말거나 그중 어렵지 않게 먹을 수 있는 것이 해삼이다.

예전 포장마차를 할 때 날마다 오는 단골이 있었다. 검은 뿔테안경에 낡은 서류가방을 든 중년 사내로 대서소나 동사무소 호적계 쪽 분위기였다. 늦은 시간 늘 취한 모습으로 찾아와 서비스 국물 안주에 소주 한 병 마시고 갔다. 내 포장마차가 그날 음주를 마무리 짓는 자리로 보였다. 나도 그렇게 얻어먹듯 마신 경험이 많기에 편히 마시고 갈 수 있도록 해주었다. 남 같지가 않았던 것이다.

하루는 빈자리가 없었다. 그는 기둥 뒤에 서서 마시겠다, 밖에서 마시겠다, 고집을 부리다가 나갔는데 오 분쯤 뒤에 무언가를 결심한 사람처럼 다시 돌아왔다.

"오늘은 그냥 가시라니까요. 이미 취하셨구만."

"안주 하나 해주세요."

"안주 안 시킨다고 제가 그러겠어요?"

"저기 저, 해삼 좀 주세요."

"아이구 참, 왜 그러세요. 그렇다면 하던 대로 그냥 국물에 드세요."

"오늘은 안주를 먹을 생각입니다. 해삼 주세요."

그는 의연하게 말을 맺었다. 나는 결국 해삼을 썰어주었고 그는 포장문 틈에 낀 채 서서 마셨다. 한동안 바쁘게 이것저것 하고 있는데 손님 하나가 저쪽 좀 보라며 나에게 눈짓을 했다. 사내는 안경이 떨어질 정도로 고개를 숙이고 있었다. 젓가락으로 해삼을 집어올리는데 번번이 떨어뜨리고 있었던 것이다. 입만 벌렸다, 다물었다 하고 있었다. 그러다가 또 한잔 마시고 재도전을 하는데 똑같았다. 뒤늦게 숟가락을 주었으나 그는 그새 다 마시고 휘청거렸다. 해삼 한 접시만 고스란히 남았었다.

『자산어보』가 나온 게 1814년이니 사람들은 그 이전부터 해삼이라는 단어를 쓴 것이다. 이 녀석에게 사포닌과 비슷한 홀로수린이

| 해삼에는 사포닌 종류인 홀로수린이 들어 있다. 살아 움직이는 약통이다.

| 이렇게 썰어 찬물에 담가두면 짠맛이 빨리 빠진다.

라는 물질이 들어 있다는 것을 어떻게 알았을까. 어떻게 알긴, 경험의 축적이지. 어떻게 알았을까, 에는 옛날 사람은 몰랐고 우리는 알고 있다는 전제가 깔려 있다. 그들은 알았고 우리는 모르고 있거나 잊고 있는 것은 또 얼마나 많을까.

해삼의 약리작용을 살펴보면, 자양강장부터 해서 허약 임신부, 약한 뼈와 연골, 당뇨, 천식, 위장병, 관절염, 술독, 피부염에 심지어는 무좀(『본초강목』에 '분말가루를 바르라'고 나와 있다)과 습진까지 다양하게 관여한다. 진통 효과도 좋고 대표적인 알칼리성 식품이니 이 정도면 만병통치약 수준이다. 거북손이 살아 있는 양념통이라면 이 녀석은 살아 있는 약통인 셈이다.

서양에서 바다의 오이라고 부른다는 해삼은 정작 오이의 계절인 여름에는 잠을 잔다. 수온이 올라가면 깊은 바닷속으로 들어가 내장을 깨끗하게 비워내고 깊은 잠에 드는 것이다. 그래서 이 시기에는 귀하다. 그러고 보면 우리나라 남자들이 정력제라고 환장을 하는 것들 대개가 계절잠 자는 것들 아닌가. 그렇다면 좋다는 것 찾아다닐 시간에 잠을 푹 자는 것도 하나의 방법 되겠다.

여름을 제외하고 물 빠진 바닷가 갯돌을 뒤져보면 심심찮게 볼 수 있다. 촉수가 방사성으로 나 있는 곳이 입, 반대쪽 구멍이 항문이다. 몸길이 방향으로 칼로 자르면 내장과 생식소가 나온다. 하얀 것은 수컷, 노란 것은 암컷의 생식소이다. 내장에는 펄이 들어 있다. 손가락으로 훑으면 펄이 빠지는데 잘 끊어진다.

| 암컷의 생식소. 이렇게 모아두면 누가 홀랑 먹어버리므로 조심해야 한다.

　이 녀석은 공격을 받으면 내장을 조금 내주고 도망을 치기도 하고 배가 고프면 자신의 것을 꺼내 먹는 버릇이 있다. 그래서 생식소와 내장을 귀하게 친다. 이것으로 담근 젓갈은 매우 비싸다.

　몸통은 짠맛이 쉽게 빠지지 않는다. 작은 놈들이야 주물러 씻으면 되지만 조금 큰 놈은 한동안 찬물에 담가두어야 한다. 급할 때는 얇게 저민 다음 물을 갈아주면서 이십 분 정도 담가두면 먹을 수 있다. 볏짚에 묶어두면 녹아 없어진다는 것은 해삼 단골 레퍼토리. 그래서 해삼 먹고 탈이 나면 볏짚을 달여먹기도 한다.

　보통 청해삼과 흑해삼이 잡힌다. 내가 사는 거문도처럼 깊은 바다에서는 홍해삼이 난다. 홍해삼은 맛도, 약효도 훨씬 뛰어나다고

| 홍해삼. 해녀들이 잡아온 것이다.

해서 값도 일반 해삼의 두 배이다.

내가 했던 포장마차는 대전 엑스포 때문에 강제 철거당했다. 포장마차가 국가 위신을 왜 깎는지는 지금도 모를 일이다.

인어 人魚

인어

사람도 아닌 것이,
물고기도 아닌 것이

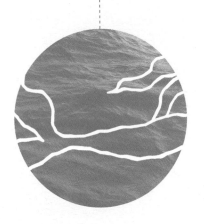

모양은 사람을 닮았다.

역어는 바닷속 인어로서 눈썹 귀 입 코 손 손톱 머리를 다 갖추고 있으며

살갗이 옥처럼 희고 비늘이 없고 꼬리가 가늘다.

『술이기述異記』에 이르기를 교인鮫人은 물고기와 같으나

물속에서 옷을 버리지 않고 눈이 있어 곧잘 우는데

눈물이 구슬이 된다고 했다.

손암 선생은 인어 편에 상당 부분을 할애해놓으셨는데, 정작 흑산 도에서 직접 보셨다는 말은 없다. 단지 기이한 것들을 기록해놓은, 이를테면 산해경이나 박물지 같은 책 중에 인어 관련 부분을 뽑아 정리해놓으셨으며 "교인은 간혹 인가에 들러 비단을 사는데 떠날 때는 주인 집 그릇을 들고서 울어 구슬을 가득 채워준다고 한다. 이는 믿어지지 않는 괴이한 풍설로서 거짓일 것이다. 아마도 옛사람 들의 말이 전화轉化되었을 것이다"라며 실학자다운 접근을 하고 있 다. 물론 직접 보셨다면 말이 좀 달라지셨을 것이다.

인용할 게 많았다는 것은 오래전부터 인어 이야기가 여러 군데에 서 전해내려왔다는 소리이기도 하다. 서양도 흔하다. 아직 바다 저

너머를 몰랐던 시절에 물살이 거친 해협이나 낯선 곳을 배경으로 인어 전설이 있어왔다. 하지만 이거 찾으러 멀리 갈 필요 없다. 내가 사는 거문도에도 인어가 있단다. 아니, 진짜 있는지도 모른다.

거문도가 면 소재지인 삼산면의 면지面紙에는 대략 다음과 같은 기록이 있다.

김동진 할아버지는 1940년경 삼치 줄낚시를 하기 위해 매일 축시(새벽 1~3시)에 네 명이 노 젓는 배를 타고 주로 서도 녹산(지명임) 부근으로 갔다. 나갈 때마다 같은 곳에서 하얀 물체를 보았다. 그전부터 어른들에게 '신지께'에 관한 이야기를 들어왔던 터라 주의깊게 쳐다보았는데 그 형상은 다음과 같았다.

조금 먼 곳에서 보면 물개와 같은 형상이나 가까운 곳에서 보면 분명 머리카락을 풀어헤치고 팔과 가슴이 여실한, 여인이 틀림없었다. 하체는 고기 모양이나 상체는 사람 모양을 한 인어였다. 달빛 아래 그 모습은 형언할 수 없을 만큼 아름다웠다.

이런 증언 몇 개 더 있다.

어떤 해녀는 물질을 하고 있는데 그게 따라왔으며 물 밖으로 도망을 치니 사라졌다고 했다. 어떤 이들은 말하기를, 흐린 날 자주 나타났는데 그런 날이면 바람과 파도가 세차 물질을 나갈 수 없었다고도 했다. 이곳에서 인어를 가리키는 말이 신지께, 신지끼, 흔지

끼이다. 그렇다면 평생 물질을 했던 할머니도 보셨을까? 서운하게도 못 봤단다. 다만 물질을 처음 배울 때 선배 하나가 자그마한 모래톱에 난 어떤 무늬를 가리키며 신지끼가 저 속에 있는 동굴 속으로 들어간 자국이라고 말한 적이 있다고는 했다. 할머니가 거문도 마을 중에서 인어 출현 빈도가 극히 낮은 곳에서 사신 것도 한 이유일 것이다.

어린이용으로 각색된 인어공주가 익숙해서 그렇지 대부분의 인어는(인어로 착각할 수 있는 돌고래나 듀공 같은 바다 포유류는 일단 제외하고) 사람을 유혹하고 해치는 무서운 존재로 나온다. 낯설고 거친 바다에 대한 경고이자 느닷없는 죽음과 실종에 대한 체념적 추측으로보인다. 그런데 거문도 인어는 좀 다르다. 딱히 받들어 모셔 제祭를 지내는 것도 아닌데 풍랑을 경고해주는 역할을 종종 해온 것이다.

그중 대표적인 게 백도의 인어이다. 백도는 거문도에 속해 있는 절해고도로 여행사 광고에 종종 등장하는 곳이다. 이곳은 어장이 발달하여 예부터 어부들이 고기잡이하러 많이들 다녔다.

맑은 날 백도에서 고기를 잡고 있는데 갑자기 돌멩이가 통통 배 옆으로 떨어질 때가 있다. 그러면 어부는 부랴부랴 닻 캐고 돛을 올렸고 거문도에 도착할 때쯤에 돌풍이 일곤 했던 것이다. 백도의 상서로운 그 무엇이 주민을 위해서 다가올 풍랑을 알려주는 것인데 사람들은 그곳의 신지끼가 그러는 것으로 믿어왔다. 덕분에 백도에서는 사고가 일어나지 않았다. 그도 그럴 만한 것이, 거문도와 백도

| 녹산은 내가 종종 산책을 가는 곳이기도 하다. 김동진 할아버지가 인어를 보았다는 곳은
저 너머에 있는 벼랑이다.

| 거문도에서 28킬로미터 떨어진 백도. 명승 제7호이며 39개의 무인도로 이루어져 있다.

사이에 있는 두 개의 무인도, 큰 삼부도 작은 삼부도
에서는 왕왕 사람이 상하거나 죽기도 하는 사고
가 생기는데 이곳에서 신지끼를 보았다는 증언은
한 차례도 없었다.

　다 좋다. 고마운 일 아닌가. 그렇다면 한
번쯤 나타나 식사대접도 좀 받고, 우리로 말
할 것 같으면 이런저런 연유로 사람도 아니고
물고기도 아닌 상태로 살고
있으며, 제발 바다에 기
름 좀 흘리지 말라고 야
단도 치고 하면 좋으련만
아직 그런 존재는 없었다.
맞대면은 고사하고 흑백 스냅사
진 하나 없다. 그래서 맛을 말하기도 뭐하
고 인격을 말하기도 뭐하다.

　정말 있는 걸까, 없는 걸까? 나는 있다는 쪽에
한 표 건다. 오래된 나의 추억에는 신지끼로 추
측될 만한, 아름다운 소녀가 한 명 있었던
것이다.

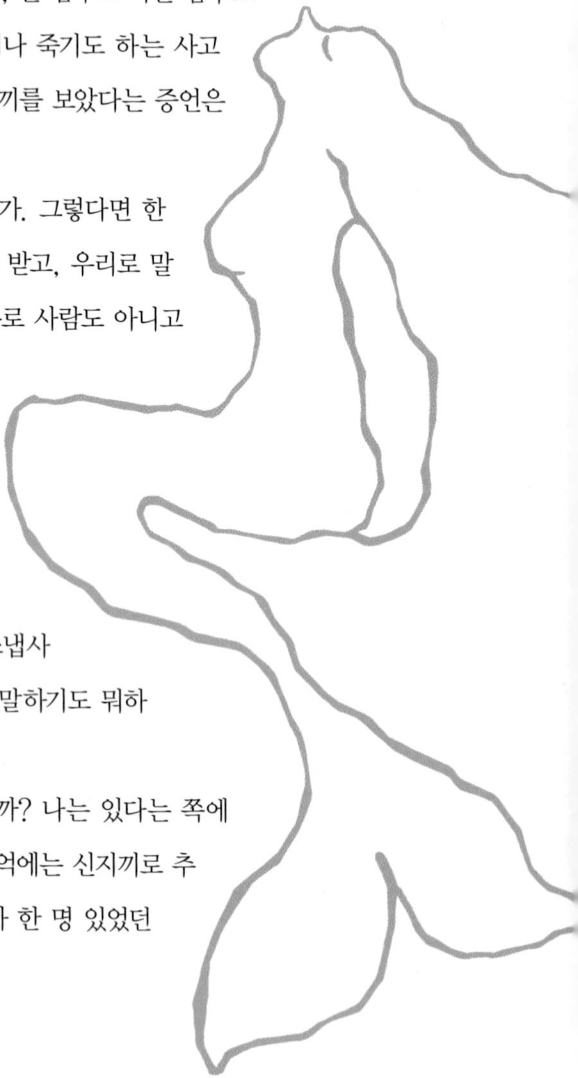

| 내가 늘 앉는 자리이다. 어느 날 문득 인어가 나타날지 모르니까.

첫사랑

거문도에 있는 동도국민학교 1학년 1반에 들어갔을 때가 일곱 살이었다. 섬마을 학교의 모든 학생들은 1반이었고 집 마당처럼 교실과 운동장, 심지어 변소에서도 푸른 바다가 보였다. 처음으로 비뚤배뚤 글씨를 써보고 손가락 꼽아 셈법도 했다. 친구가 생겼고 구충제를 먹어야 했으며 낚시도 처음 배웠다.

내 생계형 낚시의 시작이 그때였다. 맨 처음의 낚시는 아주 조악했다. 두 뼘쯤 되는 나무작대기에 그만큼의 낚싯줄 매단 게 전부였다. 바늘을 묶을 줄 몰라 지나가는 어른에게 부탁해야 했고 봉돌은 골목에 굴러다니는 납덩어리를 돌로 찧어 편 다음 매달았다.

돌로 깬 고둥 살을 바늘에 달고 갯가 돌 틈에 넣으면 베도라치가 물었다. 자그마한 장어처럼 생긴 그것을 우리는 진대라고 불렀다. 열댓 마리를 낚아 집으로 가져가자 어머니는 내 최초의 수렵활동을 칭찬해주었다. 막내가 침을 잘 흘렸는데 그 물고기가 약으로 쓰였던 것이다. 그때부터 나는 공연히 바빠졌다.

내 낚시 장소는 치끝이었다. 그곳은 마을의 흔적이 끝나고 깎아지른 절벽이 시작되는 곳이며 망망대해가 한눈에 보이는 곳이기도 했다. 수업이 끝나면 책가방 던져놓고 곧장 그곳으로 달려갔다.

무언가를 낚다보면 시간은 급히 간다. 한 번씩 둘러볼 때마다 갯것하는 아낙들 숫자가 줄어들어 있었다. 그러다가 다시 한번 고개를 들었는데 아무도 없었고 노을이 지고 있었다. 사람들이 물러간 바닷가는 쓸쓸하기가 한정이 없었다. 순간 무섬증이 일기도 했으나 나는 돌아갈 수 없었다.

바위 무더기가 시작되는 곳에 어떤 여자아이가 있었던 것이다.

나는 막대기를 휘휘 돌려 낚싯줄을 감은 다음 아가미 꿴 베도라치 무더기를 든 채 그쪽으로 걸어갔다. 그애는 바위에 기대 서 있었다. 머리카락이 물에 젖은 듯 무겁게 늘어져 있고 몸은 비닐처럼 반투명한 느낌이었다. 소녀는 나를 바라보았다.

말을 했는지, 했으면 어떤 말을 했는지는 기억에 없다. 했다면 피부나 머리카락 같은 데서 말이 나와 상대에게 스며들었을 것이다. 눈을 떼지 못할 정도로 소녀는 강력한 흡인력 같은 게 있었다. 어떻게 돌아왔는지도 기억에 없다. 늦었다는 어머니의 꾸지람과 다음날 종일 시간이 너무 더디 갔던 것은 생각이 난다.

마침내 오후 시간이 되자 나는 일착으로 그곳엘 도착했다. 소녀는 보이지 않았다. 건성으로 낚시를 하면서 난 자꾸 치끝 너머를 힐끗거렸다. 그리고 어제처럼 해가 무너지고 너무 푸르러 지친 하늘과 바다가 노랗게 몸살을 앓기 시작하자 사람들은 서둘러 돌아갔다. 같이 가자며 부르는 친구의 목소리도 귀에 들어오지 않았다.

나는 혼자 남았고 그리고 소녀가 있었다. 반갑고 기쁘고 떨렸다. 소녀는 여전히 젖어 있었고 예뻤다. 우리는 다시 마주보게 된 것만으로도 충분히 포근하고 달콤했다. 내가 소녀를 본 것은 사흘간이었다.

나흘째 되는 날은 바람이 불고 파도가 높았다. 낚싯대를 들고 집을 나서던 나는 어머니에게 들켜 꼼짝없이 잡혀 있어야 했다. 돌담 너머로 보이는 치끝에는 파도가 하얗게 부서지고 있었다. 애가 타고 발가락이 저절로 꼬물거려졌다.

그날 저녁부터 홍역인가 볼거리인가를 앓기 시작했다. 열이 오르고 가위에 눌렸다. 소녀는 꿈속에서 찾아왔다. 찾아오기는 했지만 선명하지 못했다. 파도의 장막 너머에서 얼굴과 머리카락만 아른거렸다. 그럴 때마다 안타깝고 목이 말랐다.

깨어나고서도 나는 꿈의 안과 밖이 혼동되어 소녀를 찾았다. 어머니는 식은땀을 닦아주고 있었고 마실 온 친척아주머니가 옆에 있었다. 그러니까 집에 있었던 것이고 낮잠에 빠져들었던 것이다.

"푹 좀 자지, 무슨 꿈을 그렇게 심란하게 꾸니."

내가 봤던 소녀 이야기를 하자 어른들은 모르겠다는 표정을 했다. 그도 그럴 것이, 섬마을은 누구네 집 젓가락이 몇 개인지도 빤히 알고 있는 그런 곳이었다. 모르는 얼굴이 있을 리 없었다. 분명히 만났고 그리고 꿈에서도 보았다고 덧붙이자 친척아주머니가 말했다.

"얘가 혹시 신지끼를 본 것 아닐까?"

신지끼가 뭔가 내가 물었다.

"바다에 사는 인어다. 물고기 사람이란 말이다."

아직 인어공주 동화를 읽어보지 못했을 때였기에 사람이 바닷속에서 산다는 말에 나는 충격을 받았다. 우리처럼 마을에서 살지 왜 하필 바다에서 산단 말인가. 아마도 나는 기가 막혀 넋을 놓았을 것이다. 막막하고 슬퍼서 울기도 했을 것이다. 아무래도 육지 병원엘 데리고 가봐야겠다고 뒷말 들었던 걸 보면.

육지 병원엘 가지 않고도 그럭저럭 병은 나았지만 소녀는 더이상 보이지 않았다. 마음이 아리고 슬퍼 날마다 치끝을 찾아다녔으나 육지로 이사를 가던 4학년 때까지 그랬다. 여객선 위에서 오래도록 섬을 바라보았던 것은 이제는 정말로 소녀를 볼 수 없게 되었다는 절망 때문이었다.

거문도 바닷속에 신지끼가 산다는 말은 그뒤로 종종 들었다. 신지끼를 봤다는 노인들도 몇 있었다. 하지만 그런 증언 말고는 아무런 증거가 없었다. 지금 생각해보면, 열병을 앓으며 꾸었던 꿈이 바깥으로 튀어나온 것 같기도 하고 반대로 소녀 때문에 그렇게 앓았던 것 같기도 한데 시간이 갈수록 옛날 일이 되어 확인할 길이 없다.

그게 내 첫사랑이었다. 대부분의 사람은 뒤늦게라도 첫사랑을 만나거나 소식을 듣기도 하지만 나는 그러지 못하고 있다. 치끝은 그뒤로 방파제 공사를 하면서 파묻혀버렸다. 네모난 콘크리트 덩어리가 현재와 옛날을 국경처럼 반으로 가르고 있다.

소녀도 내가 첫사랑이었을까? 그녀도 나처럼 파도치는 그날부터 바닷속, 자신의 거처에서 앓지는 않았을까. 막대기 들고 서 있던 빡빡머리 소년에 대해서 지금 나처럼 이야기하고 있지는 않을까.

단편「당신이 모르는 이야기 PART Ⅱ
—'뭐라 말 못할 사랑'편」 중에서

……글쎄, 그동안 내가 주워들은 바에 의하면 그것은 있었다, 는 말이 적잖았다. 당장, 서남해안 이런저런 섬에는 이런저런 인어 이야기가 많지 않은가. 한 예로 장봉도라는 섬의 어느 누구는 그물에 잡힌 인어를 놔주고 매일 만선을 했다고 한다. 남해안의 거문도라는 섬에도 보았다는 사람이 여럿 있다. 그러나 어느 섬에도 인어의 증명사진이나 신상명세서는 전해내려오지 않는다.

좀 멀리, 오키나와에 산다는 인어는 이름이 잔이라고 하는데 역시 젊은 미인의 모습이란다. 인어라는 게 원래 미인인지, 예쁜 것들만 얼굴값 하려고 싸돌아다니다가 인간 세상을 만나는지는 몰라도 잔도 그물에 걸려 올라왔다. 그물에 걸린 것으로 보면 사람보다는 물고기 쪽에 가깝겠는데 어쨌거나 또한 친절한 어부가 놓아주었고 기브 앤드 테이크의 원칙은 종이 다른 것들끼리도 존재하는 법이라 인어는 해일을 예고해주었다고 한다. 그 어부는 목숨을 살렸고 어부의 말을 비웃었던 이들은 죽었다는데, 인어가 늘 친절한 어부에게만 걸리라는 법은 없어, 심보 고약한 어부라면 아까워서라도 놔주기 싫었을 텐데, 그랬다면 어떻게 했는지는 다른 곳에서 전해내려온다.

교인鮫人이라는 것도 있었다.

중국 땅 오래된 책에 또박또박 적어놓은 대로 하자면 남해 먼바다에 교인이 살고 있는데 깊은 바닷속에서 베틀에 앉아 끊임없이 고운 비단을 짜고 있었다. 남녀를 막론하고 몹시 아름다울 뿐 아니라 살결이 백옥처럼 하얗고 머리털은 말꼬리처럼 길었으며 술에 조금 취하면 온몸이 복사꽃처럼 달아오르곤 했다. 사람과 같이 눈과 눈썹, 코, 입이 달리고 두 손 두 발이 골고루 갖춰졌으며 감정도 있어 울음소리를 내고 눈물방울이 떨어질 때마다 진주가 되는데 어민들 중에 혼자인 이는 바다에서 교인을 붙잡아 연못에 넣고 기르면서 서방이나 마누라로 삼았단다. 그렇다면 새 귀먹고 알 귀먹고 둥지 떨어 불 때며 산 셈인데, 돈 떨어지면 쥐패서 울게 했다는 말은 물론 써놓지 않았다.

그것대로 하자면 이 청년의 애인이 가장 비슷하기도 하다. 진주를 만들어내지 못했다는 것이 흠이라면 흠이지만.

뭐 이쪽뿐이겠는가.

저 먼 곳의 오래된, 글쎄 10년 내내 말 타고 싸움질만 되풀이하다가 마침내 목마木馬 하나 덕에 끝낼 수 있었다던 전쟁 이야기는, 그 반을 차지하는 게 율리시스라는 왕의 귀환 과정인데, 이 양반이 풍찬노숙 갖은 고생을 겪다보니 흔히 세이렌이라 부르는 인어까지 만났다고 전해진다.

반인반어라매? 아녀, 요정일껴, 아니, 악마 종잘겨, 이렇게 그 정체성에 대해 의견 분분했는데 아무튼 그들은 키르케 섬 근린지역 내 '해가 지는 섬'이라는 음습한 곳에서 수중 저택을 지어놓고 살았던 듯하다.

그들은 역시나 노래에 일가견 있어 그것으로 사람들을 꼬셨다는데, 그래서 빠뜨려 죽였다고도 하는데, 이 배짱 좋은 왕은 스스로를 돛대에 묶어놓고 노래에 대한 감상을 본격적으로 즐기기로 했다. 노래는 아주 유혹적이고, 그럼으로써 몹시도 혹독했으며, 하여 나를 풀어달라고 발광을 했는데, 그 유혹에는 노래뿐만이 아니라, 세상에 존재하는 모든 사물에 대한 지식 또한 총망라되었다고 한다.

노래도 좋고 공부도 좋았던 이 양반은 본격적으로 부르고 배워

보고자 투신하려고 애를 썼는데, 밧줄 하나 어쩌지 못해 매달린 채 축 늘어졌는데, 그러다보니 유혹하던 입장에서는 빈정이 상해, 아아, 난 아직 멀었어, 하며 돌덩이가 되고 말았다. 이렇게 요술에 가까운 유별난 취향이 있는 이들은, 자신의 능력이 통하지 않으면 스스로 죽어 자존을 살리는 것을 절대 가훈으로 삼고 있었던 모양이다.

그렇다고 치면, 세상 모든 사물에 대한 지식을 갖고 있다는 그들은 하필, 딱 하나, 배에서 쓰는 밧줄의 인장력에 대해서만큼은 통 모르고 있었던 듯하다. 그러니, 학업 중도 포기한 요괴였던 모양인데 아무튼 살아 있는 것이라 죽기도 할 터이어서 시체가 발견되기도 했다.

세월이 흐르고 흘러 그들의 후손 중 하나는 영국에서 잡혀 세례까지 받았다고도 하고 '무르겐'이라는, 발음하기는 쉬워도 뜻은 도통 짐작이 안 되는 이름의 성자가 되었다고도 하고 그로부터 더 많은 세월이 흐른 다음 성자의 몇십대 후손 중 하나는 항구로 흘러들어왔다가 할렘에서 남은 인생을 마쳤다고 하니, 한 종족 사이에서도 팔자도 제각각, 선택도 제각각인 것은 우리나 그들이나 다를 바 없었던 것이다.

그 시절 노트에다가 뭔가를 기록하기 좋아했던 사람 하나가 할렘의 그녀를 만났단다. 실 잣는 것을 보고 물고기 종류는 아닌 것 같고, 물속에서도 종일 살 수 있는 것을 보고는 사람도 아닌 것 같다고, 거참 아리송한걸, 이라 써놓고는 이왕 온 것, 하고는 몸을 풀러 갔다는 설도 내려온다.

그러든 말든 도처의 세이렌과 이 청년이 증언하는 '바다에서 나온 애인'이 어떤 연관이 있는지는, 사실 그들도 아리송할 것이다. 우리도 사거리 모퉁이에서 우연히 우간다 우루봉 마을에서 온 키왈라훈테라는 사람을 만난다면, 같은 종이라는 것은 알 수 있겠지만 그외에는 아무것도 알지 못할 것 아니겠는가.

　다만 청년의 발언을 뒷받침해줄 만한 증언은 충분히 더 있었다.

　대를 이어 내려오는 것으로 봐서 사내들도 있을 것인데, 역시나, 바빌로니아 물의 신은 이름이 에어이며 남자 인어였다고도 하고 셈족이 달의 주인으로 모셨던 신 또한 원래 인어라고 하니 할렘의 16번 미스 인이에요, 이런 명함으로는 상대도 안 될 이도 있었다는 것이다.

　그뿐인가.

　일없이 강둑에 앉아 머리나 빗다가 어머, 어머, 또 가라앉았지 뭐야, 이렇게 공연히 배 침몰시켰다는 애도 본적이 물이라 한다. 하긴, 간밤의 숙취가 풀리지 않은 항해사가 졸다가 배 좌초시켜놓고 선주에게 즉흥적인 핑계를 댔는데, 그게 통한 것을 보고 사고 친 놈들은 모조리, 나도 그 여자를 보다가 그만…… 이랬을 수도 있는 법이다. 영국에서는 바다 가시내라는 뜻의 '머메이드'와 바다 머시매라는 '머맨', 단어가 있고 프랑스로 넘어가면 창씨개명을 하여 실렌, 이탈리아에서는 실레나라고 불러댄다.

　이들은 하나같이 미인이며, 긴 머리카락을 늘어뜨리고 달 밝은 밤에 강가나 해변에 나타나 아름다운 목소리로 노래를 불러제낀다. 미모와 노래에 반한 선원과 선박의 운명은 침몰과 익사로 마감되니 그게 늘 여자를 조심하라는 경계의 우화적인 표현이라고 해도, 하다못해 머리카락 한 올만한 근거라도 있으니 다들 저렇게 입 모아 증언들을 하고 있지 않겠는가. 인어를 소장품으로 전시하고 있는 박물관도 있을 정도이니.

　대영박물관에는 일본 해안에서 18세기에 잡은 인어의 표본이 있다는데 진짜라고 믿는 사람이 있는 반면 원숭이의 상반신을 물고기의 하반신에 꿰매어 만들었다고 트집 잡는 이들도 있다. 스코틀랜드의 어떤 박물관에도 인어가 보관되어 있다고 한다.

1403년에는 네덜란드의 어떤 시골 도랑에서 인어가 잡혔다. 깊고 푸른 바다에서 뭐한다고 좁은 도랑으로 기어올라왔는지는 알 수 없지만 자그마치 15년이나 잡혀 있었으며 그동안 양털 잣는 일도 배우고 십자가 앞에서 기도할 줄도 알게 되었다. 하긴, 서당개 3년 운운하지 않더라도 그 시간이라면, 인간들의 극성 때문에 그것들을 안 배우지 못했을 것이다. 어떻게 해서든 일당 떼먹으려는 착취의 부류와 강아지한테까지도 기도하는 법을 가르치려는 이들은 지금도 넘쳐나지 않는가.

18세기 초 보르네오 해안에서 푸른 눈에 물갈퀴를 가진 인어가 붙잡혔으며 물탱크에 넣었더니 고양이똥 같은 것을 싸고는 나흘 뒤에 굶어 죽었다고 한다.

다시 가까운 곳으로 돌아와본다면 중국의 유명한 『산해경』에 나오는 능어나 적유는 인어에 속하는 동물들이란다. 능어는 사람의 얼굴에 팔다리가 있고 몸뚱이는 물고기이며 적유는 생김새가 물고기 같지만 사람의 얼굴을 하고 있으며 소리는 원앙새와 같다니 이게 인어 아니면 뭐겠는가. 『태평광기太平廣記』라는 책자에는 바다의 인어는 사람같이 생겼으며 눈썹, 눈, 입, 코, 손톱 등이 모두 아름답고 살결은 희고 머리털은 말꼬리처럼 치렁치렁하며 길이가 5~6척이라고 금방 본 것처럼 쓰여 있다.

진秦나라 시황제始皇帝의 장례를 치를 때 그 넓고 화려한 광장의 횃불 원료는 인어의 기름이었다 한다. 도롱뇽 것이라고 보는 이도 있지만, 사실이라면, 누가, 어떻게 그 기름을 짜냈을까.

또 있다. 밀턴이라는 이가 쓴 『실낙원』에는 다곤이라는 게 나온다. 하반신은 물고기로 두고 상반신은 아주 흉측한 사내이며, 성서에도 나오는바, 근 10미터에 육박하는 거인이자 괴물로 온몸이 비늘로 뒤덮여 있단다. 그렇다면 이런 게 불쑥 나타난다면 '바다에서 나온 애인'은 반가워할 것인가, 우리처럼 도망을 칠 것인가.

전혀 다른 종자도 있었다. 여섯 마리의 개 대가리와 열두 개의 발이 달린 스칼라라는 이는 소용돌이치는 해협에서 기다리고 있다가 선원들을 낚아올려 씹어먹었다고도 하니 이 정도면 아예 괴물 수준이다. 그러니 인어 정도는 참으로 소박한 존재 아니겠는가.

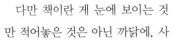

내 원고를 읽고 고1인 딸아이가 그린 인어 그림

다만 책이란 게 눈에 보이는 것만 적어놓은 것은 아닌 까닭에, 사진기가 없는 게 그저 한스러울 뿐인데, 믿자고 하니 UFO 몰고 다니는 이들처럼 떠억 나타나 명함이라도 건네지를 아니하고 있고, 헛소리로 무시하자니 이 눈물겨운 고백과 대대로 이어지는 증언들은 또 어떡한다는 말인가.

하여 나는 상반신의 에로틱한 모습과 생선회가 연상되는 하반신이 자꾸 뒤섞여 애매했다. 한동안 귀를 열고 입을 쉬던 청년은 자신과 팔자가 비슷했던 이들이 예전에는 세계적으로 많았다는 사실에 힘을 얻었는지 거봐라, 하는 표정으로 말을 이었다. 이번에는 내가 입을 쉬었다.

내 밥상 위의 자산어보

ⓒ한창훈 2014

1판 1쇄   2010년 9월 13일
1판 4쇄   2012년 12월 12일
2판 1쇄   2014년 8월 14일
2판 4쇄   2017년 7월 5일

지은이 한창훈
펴낸이 강병선
책임편집 이연실 | 독자모니터 이현주
디자인 이효진 이경란 김민하
마케팅 정민호 박보람 이동엽
홍보 김희숙 김상만 이천희
제작 강신은 김동욱 임현식 | 제작처 한영문화사

펴낸곳 (주)문학동네
출판등록 1993년 10월 22일 제406-2003-000045호
주소 413-120 경기도 파주시 회동길 210
전자우편 editor@munhak.com | 대표전화 031)955-8888 | 팩스 031)955-8855
문의전화 031)955-8889(마케팅) 031)955-2651(편집)
문학동네카페 http://cafe.naver.com/mhdn | 트위터 @munhakdongne

ISBN 978-89-546-2552-4 03810

www.munhak.com